Gabriel Chalita

# A escola dos nossos sonhos

A escola: espaço de acolhimento

# A escola dos nossos sonhos

*Direção geral:* Donaldo Buchweitz
*Coordenação editorial:* Cristina Nogueira da Silva
*Assistente editorial:* Elisângela da Silva
*Preparação:* Sueli Brianezi Carvalho
*Revisão:* Ana Paula Aragão
*Projeto gráfico:* Cristina Nogueira da Silva
*Diagramação:* Marco Antônio B. Ferreira

Dados Internacionais de Catalogação na Publicação (CIP)
(Câmara Brasileira do Livro, SP, Brasil)

---

Chalita, Gabriel
  A escola dos nossos sonhos : a escola : espaço de acolhimento / Gabriel Chalita. -- São Paulo : Ciranda Cultural, 2009. -- (Coleção cultivar)

  ISBN 978-85-380-0557-5

  1. Educação - Finalidades e objetivos 2. Educação - História 3. Escolas - Aspectos sociais 4. Prática de ensino 5. Pedagogia I. Título. II. Série.

09-05106                                         CDD-370.72

---

Índices para catálogo sistemático:
1. Educação : Projeto de pesquisa    370.72

*Ciranda Cultural*
**CIRANDA CULTURAL EDITORA E DISTRIBUIDORA LTDA.**
Rua Frederico Bacchin Neto, 140 - cj. 06 - São Paulo - SP
Tel.: (11) 3761-9500 – www.cirandacultural.com.br

## Dedicatória

À Antonieta Dertkigil e Vílbia Caetano
por ações tão significativas em todos estes anos.

*Mudam-se os tempos, mudam-se as vontades,*
*muda-se o ser, muda-se a confiança;*
*todo o mundo é composto de mudança,*
*tomando sempre novas qualidades.*

*Continuamente vemos novidades,*
*diferentes em tudo da esperança;*
*do mal ficam as mágoas na lembrança,*
*e do bem (se algum houve), as saudades.*

Camões

## Oferecimento

À Francieli Oliveira dos Santos, Jorge Antônio Morate e à equipe do Papo Aberto por me ajudarem a levar a educação a todos os cantos e recantos do país.

# Sumário

Palavras iniciais .................................................... 13

Capítulo I - A escola na Antiguidade ........................... 21

Capítulo II - O teocentrismo medieval e o antropocentismo renascentista ......................................... 41

Capítulo III - A educação contemporânea ................... 63

Capítulo IV - A escola com que sonhamos ................. 91

# Palavras iniciais

A *escola dos nossos sonhos* é um convite à reflexão e à ação. Somos todos privilegiados observadores da história da educação e do desenvolvimento experimentado pelo conceito de escola, relativamente ao seu papel e à sua importância na relação entre o processo de ensino e aprendizagem. Escolas mais tradicionais e fechadas, que tentaram provar a ferro e fogo o desempenho educacional dos seus alunos, até instituições de ensino mais liberais, em que a construção do conhecimento se dera em consonância com o tempo e o desejo do educando. Escolas discretas, escolas grandiosas. Escolas em que os alunos passavam pequena parcela do dia porque a educação maior se dava no lar, com a família; escolas em que todo o tempo era dedicado à aprendizagem;

escolas de formação integral. Escolas com saberes práticos, escolas com saberes teóricos.

Pedagogias e olhares pedagógicos foram se transformando durante a história. Desde sempre alguém ensinou e outro alguém aprendeu; entretanto, a formalização do ensino, como fator essencial para o sucesso da aprendizagem, sempre desafiou pensadores a encontrar os melhores caminhos para sua eficiência e eficácia. De um saber memorizado a um saber construído. De um saber construído a um saber exigido. De um saber exigido a um saber socializado. O saber para o diletantismo e o saber para a transformação do mundo. O saber para o corpo e o saber para a mente.

Dos olhares míticos e religiosos aos olhares filosóficos e científicos. Dos que se preocupavam com a descoberta da essencialidade aos que se dedicavam à retórica, ao discurso. Dos que destravavam aos que instigavam.

A educação sempre esteve presente nas manifestações humanas. Onde há gente, há educação. De igual forma, há escola.

Este livro tem a finalidade de fazer uma breve viagem aos olhares que a história deu à educação. Sem a preocupação de se ater aos detalhes de cada momento da sua história, porque essa não é a sua finalidade. O objetivo deste trabalho é refletir sobre a escola que queremos hoje e o dimensionamento da sua complexidade.

A construção conjunta da escola dos nossos sonhos não deve desprezar o esforço de séculos ou de milênios em compreender quais seriam as metodologias mais adequadas para ensinar e, assim, aprender. Há valores que permaneceram desde os egípcios, gregos e romanos. Há outros que o tempo foi destruindo por se pensar não mais haver necessidade de mestres e aprendizes. Compreender esse processo de transformação progressiva e gradual ajuda a evitar erros no presente e a construir o alicerce para o futuro.

A escola dos nossos sonhos é um desafio que todo educador profissional ou familiar necessita buscar. Uma escola acolhedora faz toda a diferença na formação de uma pessoa, e é este o nosso intento: ensejar a reflexão sobre as bases dessa escola. Longe de ditar regras ou de padronizar a escola ideal, este livro tem o objetivo de instigar, de provocar o educador para que ele não desperdice seu importante papel social que nasce, não do postulado de uma única teoria, mas do respeito à autonomia do ser humano. Sem dúvida alguma, na escola dos nossos sonhos, os professores são destacados pela importância e pelo mérito da sua função, hoje tão vilipendiados por uma sociedade que nem sempre os valoriza.

Este nome – escola dos nossos sonhos – surgiu a partir de vários seminários que organizei como Secretário da Educação do Estado de São Paulo, entre 2002 e 2006, em que ouvíamos os educadores, pais e alunos, cada qual participando da construção da escola que acreditavam ser a melhor. Muitos programas que implementamos no Estado de São Paulo nasceram desses seminários. O Programa Escola da Família, que consistiu na abertura de todas as escolas estaduais nos finais de semana, foi um deles. O desafio foi enorme, mas o resultado valeu a pena. Milhões de pessoas passaram a frequentar as escolas nos finais de semana para conviver. Privilegiávamos quatro grandes eixos: cultura, esporte, saúde e geração de renda. Respeitávamos a autonomia de cada uma das mais de 5 mil escolas na escolha das atividades, cuja implementação contou com o envolvimento sempre consistente e competente de diretores e professores. Criamos um programa de bolsas de estudos que ajudou milhares de alunos oriundos de escolas públicas a cursar gratuitamente uma faculdade. A contrapartida era trabalhar em uma escola pública nos finais de semana. Em muitos casos, o aluno bolsista trabalhava na mesma escola em que havia estudado. Ajudava, assim, a reconstruir a relação familiar com a escola que havia lhe dado a formação para a vida. Famílias inteiras passaram a colaborar com a conservação e o melhor aproveitamento das instalações e equipamentos escolares. Praticamente resolvemos o sério problema de violência escolar naquele período. Os dados demonstraram redução de até 80% na prática de roubos, furtos, lesão corporal, destruição do patrimônio público, entre outros. Consolidou-se o conceito de pertencimento: o aluno e a família, quando percebem que a escola pertence à comunidade, ajudam a conservá-la, a melhorá-la. De outro lado, o jovem envolvido em atividades esportivas e culturais tem menor probabilidade de entrar no mundo da bebida e da droga, o que geralmente conduz à violência.

A drogadição é, sem dúvida, um dos maiores problemas da juventude contemporânea. Não são poucos os estudos que tentam identificar as razões que levam a essa viagem, muitas vezes, sem volta, à destruição dos sonhos e às possibilidades de construção de uma vida digna. Por curiosidade, carência, necessidade de aceitação, desinformação. E a escola não pode ficar ausente dessa situação. Preparar para a vida significa empreender esforços para que ela tenha sentido e seja vivida em sua plenitude.

Outras ideias surgiram desses seminários, como a do programa de formação continuada de professores, que compreendia, inclusive, a promoção e o custeio de cursos de pós-graduação, mestrado e doutorado, para professores da rede pública de ensino. O professor é a alma do processo educativo, e tanto o Estado como as organizações privadas não devem medir esforços para valorizá-lo.

Levamos também alunos e professores aos teatros, cinemas e museus de São Paulo; criamos aulas em parques de diversões; promovemos gincanas, olimpíadas culturais, projetos sociais e outras tantas atividades nas escolas, depois de escutarmos os envolvidos no processo educativo. Enfim, não se constrói política educacional com autoritarismo. O sonho não pode ser individual. É coletivo. Os cargos são passageiros e é exatamente por isso que, com muita humildade, aprendemos com quem faz educação. Como presidente do Consed – Conselho Nacional dos Secretários de Educação –, por dois mandatos, tive a oportunidade de conhecer um pouco mais o Brasil, e procurei disseminar esses mesmos valores. O sonho é de todos. É horizontal. É construído e avaliado. E o seu resultado depende de persistência, de continuidade e de paciência. Se sonhar muitas vezes nos põe distantes da realidade, não sonhar destrói a capacidade que teríamos de transformá-la. Vamos ao sonho, enfim! Vamos à busca da escola dos nossos sonhos.

Clarice Lispector, em sua prosa intimista, nos conduz a uma reflexão metafórica do sonho que alimenta e – ao mesmo tempo – atemoriza:

### O Sonho

*Não entendo de sonhos, mas uma vez anotei um que me parecia, mesmo sem eu o entender, querer me dizer alguma coisa.*

*Como eu fechara a porta ao sair, ao voltar esta se tinha emendado nas paredes e já estava até com os contornos apagados. Entre procurá-la tateando pelas paredes sem marcas, ou cavar outra entrada, pareceu-me menos trabalhoso cavar. Foi o que eu fiz, procurando abrir uma passagem. Mal porém foi rachada a primeira abertura, percebi que por ali nunca ninguém tinha entrado. Era a primeira porta de alguém. E, embora essa estreita entrada fosse na mesma casa, vi a casa como não a conhecia antes. E meu quarto era como o interior de um cubo. Só agora eu percebia que antes vivera dentro de um cubo.*

*Acordei, então, toda banhada de suor, pois fora um pesadelo, apesar da aparente tranquilidade dos acontecimentos no sonho. Não sei o que este simbolizava. Mas "a primeira porta de alguém" é alguma coisa que me atemoriza e me fascina a ponto de por si só constituir um pesadelo.*

Gabriel Chalita

## Capítulo I

### A escola na Antiguidade

A Antiguidade viu nascer diversas formas de manifestação educacional. Na **cultura tribal**, não havia escolas, como também não havia estados juridicamente constituídos. Eram sociedades em que predominavam o conhecimento mítico. Os valores eram transmitidos de uma geração a outra pela linguagem oral.

Todas as explicações para o desconhecido – e quase tudo era desconhecido – vinham do sagrado. Das coisas boas às ruins. Da terra que trazia o alimento à praga que o destruía. Os rituais tinham por finalidade agradar e acalmar os deuses. Em muitas culturas tribais, a procriação não decorria somente da relação entre um homem e uma mulher, que eram considerados apenas instrumentos dos deuses.

Os deuses eram os procriadores. Eles é que fecundavam a espécie para a sua continuidade.

A tradição oral dava unidade ao grupo que, por meio de suas crenças, se distinguia de outros grupos. Os rituais de passagem eram administrados por pessoas que detinham o poder dentro do grupo. Pessoas que eram respeitadas, geralmente, pela experiência e pelo conhecimento. As crianças aprendiam observando e reproduzindo as ações dos adultos. E aprendiam para a vida. Esse era o sentido da educação tribal, uma educação que preparava para a vida. Não há registros de violência contra a criança que não aprendia ou que tinha maior dificuldade de aprendizagem. Pais que espancam filhos é coisa dos chamados civilizados, não dos tribais. O que havia, em algumas dessas sociedades, era o exagero nos rituais de passagem, as provas de coragem e valentia diante da dor. E muitos tombavam não resistindo a essas provas.

A formação era integral e universal. Abrangia a vida, e todos os membros da tribo tinham acesso a ela. A mudança educacional se deu com a sociedade tida como mais organizada, na qual a escola deveria dar conta do processo educativo em benefício apenas de alguns poucos membros do grupo social. Na comunidade tribal não havia essa divisão. Quem pertencia à tribo poderia e deveria estudar.

Depois das sociedades tribais, houve um interessante processo civilizatório em algumas regiões próximas aos rios como a Mesopotâmia, às margens dos rios Tigre e Eufrates; o Egito, às margens do Nilo; a Índia, com os rios Indo e Ganges; e a China, com os rios Yangtzé e Hoang-Ho.

Cada uma dessas civilizações passou a favorecer a prática educacional, fundamentada no respeito aos valores, próprios das sociedades teocráticas. Figuras como a do Imperador da China, considerado filho do Céu, ou a do Faraó do Egito, conhecido como filho do Sol, eram ao mesmo tempo admiradas e temidas por seus povos. Diferentemente das sociedades tribais, em que a instrução se destinava a todos, pois era voltada para o atendimento das necessidades comuns de sustento e defesa da comunidade, nas civilizações posteriores observou-se o aparecimento de uma classe de dirigentes que se distinguia dos demais membros do grupo social, conforme a influência e a atuação de seus membros no domínio e controle das forças que regiam a vida em coletividade. Em outras palavras, membros da mesma sociedade passaram a ter maior ou menor importância no âmbito desses quase Estados, merecendo ou não serem educados, na medida de sua participação e interesse nos assuntos relacionados ao exercício do governo.

A escrita apareceu nessas culturas. Antes do chamado alfabeto, ela foi pictográfica (representação de figuras em um alto nível de abstração) e ideográfica (representação de objetos e ideias).

Tanto os egípcios como os chineses utilizaram-se da escrita pictográfica e ideográfica (a China até pouco tempo atrás mantinha essa escrita). Esse tipo de linguagem era muito complexo e poucas pessoas conseguiam dominá-la. Os famosos escribas no Egito e os mandarins na China eram respeitados por registrarem a tradição em seus escritos. Na Índia, a mesma função era exercida pelos brâmanes e, na Mesopotâmia, pelos magos.

Tempos depois teve início a escrita fonética, que pode ser silábica ou alfabética.

A escrita fonética alfabética foi inventada pelos fenícios, que eram exímios navegadores e negociantes, e por isso a difundiram por volta do ano de 1500 a.C. Os gregos assimilaram o alfabeto fenício e o transmitiram aos latinos.

Passou-se a estabelecer nessas sociedades a divisão de tarefas. Aos privilegiados cabia o domínio da escrita, a administração dos grandes negócios do Estado, ou ainda se preparavam para a defesa da terra. Aos demais era permitido dar conta das atividades domésticas e de sustento. Por serem sociedades teocêntricas, os valores que orientavam sua educação derivavam dos livros sagrados. No **Egito**, as escolas eram frequentadas por pouquíssimos alunos, segundo a tradição, e o processo educacional deveria ocorrer em obediência à técnica mnemônica, que incluía a repetição de conceitos em voz alta e em grupo, com o objetivo de favorecer a aprendizagem pela memorização. As escolas teocráticas formavam as pessoas, então, para a obediência. Três aspectos mereciam destaque na educação egípcia. Primeiro o interesse pela formação dos escribas. Os pais sonhavam que seus filhos fossem escribas, tendo em vista que essa profissão conferia enorme prestígio às pessoas. Segundo, a valorização da palavra oral. A oratória, a arte de falar e de se expressar bem, era fundamental para se obter destaque na sociedade. Terceiro, a importância atribuída à educação física. O preparo físico deveria ser incentivado porque a defesa da sociedade dependia da preparação de bons guerreiros. Enfim, as regras impostas eram: falar bem, escrever bem e estar em constante treinamento.

Na **Mesopotâmia** também prevalecia a educação doméstica para a maior parte da população. Os sacerdotes tinham grande força, e os escribas, formados pelas escolas mesopotâmicas, desfrutavam da mesma autoridade atribuída aos egípcios. Eram eles os responsáveis pela leitura e escrita dos textos sagrados, e pelos contratos de ordem comercial e internacional.

Entre os hindus, na Índia, o fator religioso levou à formação de classes de estratificação ainda mais definidas e hierarquizadas, o chamado sistema de castas, em que a ascensão social se tornava quase impossível. O bramanismo acreditava que tudo era manifestação de uma única realidade chamada Brâman, que seria a alma, a essência de todas as coisas. As castas advindas das crenças religiosas eram as seguintes: os brâmanes (sacerdotes que teriam sido gerados da cabeça do deus Brahma), os xátrias (guerreiros e magistrados), os vaicias (agricultores e mercadores), os sudras (artesãos) e os párias (servos). Os párias eram miseráveis porque não descendiam de nenhuma divindade. O budismo também teve muita influência entre os povos da **Índia**. O título Buda, atribuído a Sidarta Gautama, significa iluminado. O mestre era aquele que se iluminava e conseguia iluminar o seu discípulo. Daí a importância que se dava ao professor dentro do budismo. De qualquer forma, os filhos das castas superiores eram educados geralmente como os egípcios, embaixo de árvores, ao ar livre, e sob a responsabilidade de mestres muito reconhecidos e encarregados de ensinar os valores religiosos que garantiriam a unidade do povo e o direito à imortalidade.

A civilização **hebraica** vivenciou vários momentos. Primeiro na Caldeia, depois no Egito, período marcado pela glória e pela escravidão, e depois, em Canaã, a terra prometida. A saga desse povo está na Bíblia, no Antigo Testamento. Diferentemente de outras culturas do mesmo período, os hebreus acreditavam em um único Deus, Javé. E praticavam uma educação que visava à plena obediência dos valores que conduziam a esse Deus. Os cinco primeiros livros da Bíblia são chamados de Pentateuco ou Torá. Torá significa ensinamento. E os ensinamentos do Torá constituem lições práticas de vida. A palavra nessa época era muito valorizada. Tudo teria dela surgido, sendo o falso testemunho, a negação dessa palavra. A palavra de Deus criou o mundo e, por meio de suas leis e de seus profetas, conduz o seu povo ao paraíso.

Os **gregos** foram profícuos pensadores da educação. Os chamados pré-socráticos, que não viviam em Atenas, eram considerados filósofos cosmocêntricos, porque se preocupavam mais com os fenômenos da natureza do que propriamente com o homem ou com a divindade. Tinham uma inquietação constante, a de procurar entender a origem do cosmos. Tales de

Mileto foi o primeiro deles. Sua experiência o levou a perceber a diversidade de elementos que compõem a natureza e a afirmar a hegemonia dos quatro primeiros elementos: terra, água, ar e fogo. Depois dele, Anaximandro de Mileto, Heráclito de Éfeso, Parmênides de Eleia, cada um do seu modo procurou entender a origem e o funcionamento do universo.

Pode-se resumir a herança pedagógica dos gregos no conceito de Paideia, um conhecimento integral e universal, capaz de fazer do homem um ser virtuoso. Esse homem absoluto tinha de conhecer a filosofia, a linguagem, a música – tocar cítara era um exercício de beleza e de bondade –, os esportes, a política, enfim.

O povo grego valorizava o ócio digno, isto é, a disponibilidade de tempo para pensar e estudar, assim como a liberdade daqueles que não precisavam se preocupar com a subsistência. *Scholé*, que dá origem à palavra escola, no grego, significa o lugar do ócio. Esportes como o hipismo e a natação, além do atletismo, envolviam cada vez mais jovens preocupados com o corpo saudável. O teatro era acessível ao povo. Comédias e tragédias traziam profundas reflexões sobre temas da aristocracia e da democracia. Os jogos olímpicos, realizados na cidade de Olímpia a partir do século VIII a.C., eram tão importantes que, para a sua prática, os conflitos que porventura estivessem em curso entre os povos participantes – que não eram poucos – chegavam a ser suspensos.

Homero foi considerado por Platão (apesar da sua restrição à poesia) o educador da Grécia, por trazer em seus escritos a apologia da virtude. A síntese do bom e do belo. Os alunos decoravam poemas para serem recitados em praça pública. Tanto em Esparta como em Atenas, a educação era incentivada com o objetivo de desenvolver a integralidade do homem. Em Esparta, as discussões eram mais concisas e diretas. A palavra *laconismo*, que significa forma breve de falar, deriva da Lacônia, região onde moravam os espartanos. Preocupavam-se os espartanos com a guerra e, por isso, incentivavam os esportes; mas cultivavam também a beleza. Os atenienses gostavam do discurso, das elucubrações filosóficas. Frequentavam o ginásio. Os mais famosos foram os de Platão, a "Academia", e de Aristóteles, o "Liceu". Por meio do ensino de literatura, geometria, astronomia, matemática, música, esportes, o povo grego perseguia o sonho de perfeição.

Sócrates desenvolveu um método educacional fundamentado na ironia e na maiêutica. Empregando um processo dialético-pedagógico, Sócrates interrogava seus interlocutores, levando-os, por indução de casos particulares, a alcançar um conceito geral sobre o objeto questionado, e, por meio da multiplicação de perguntas, ao reconhecimento de que eles nada sabiam. Propunha o filósofo, a partir daí, a parturição das ideias que eram inatas. O mestre tinha de ajudar o seu discípulo a colocar para fora todo o seu potencial. Com isso, buscava ajudar os jovens a perceberem que, com humildade e paciência, conseguiriam chegar ao conhecimento e à verdade.

Os sofistas travaram um ardoroso embate com o pensamento socrático e, em particular, com Platão. Isócrates, por exemplo, disputou com Platão o conceito mais correto da palavra e da verdade, o discurso de convencimento em contraposição às lembranças internas acerca do que é correto ou errado. Era como se Platão falasse para dentro e Isócrates para fora. Sofistas eram professores que cobravam para ensinar, mas, diferentemente de Sócrates e de Platão, adotavam regras mais rápidas de repetição de conteúdos, em vez de buscar indefinidamente a verdade.

O correto e o errado, a verdade e a inverdade, o mistério que circunda o conhecimento humano são questões que desde sempre lançaram os homens na busca por respostas. Clarice Lispector vem nos instigar com a tão inquietante conceituação de verdade:

# Diálogo do Desconhecido*

— *Posso dizer tudo?*
— *Pode.*
— *Você compreenderia?*
— *Compreenderia. Eu sei de muito pouco. Mas tenho a meu favor tudo o que não sei e — por ser um campo virgem — está livre de preconceitos. Tudo o que não sei é a minha parte maior e melhor: é a minha largueza. É com ela que eu compreenderia tudo. Tudo o que não sei é que constitui a minha verdade.*

Platão acreditava que aprender era relembrar o que havia no mundo das ideias. A beleza da educação estava no conhecimento do ser humano sobre o seu intelecto e sobre o amor puro, que não buscava a satisfação imediata dos prazeres do corpo, mas a essência da felicidade da alma. O homem educado necessitava controlar seus apetites e vícios para desenvolver as suas virtudes. Para isso, a filosofia, a música, a geometria, a aritmética, a astronomia, entre outras disciplinas, precisavam ajudar na maturidade humana. O adulto amadurecido conseguiria entender que a beleza espiritual seria mais nobre do que a beleza física e que, ao contrário desta, não termina-

---

* LISPECTOR, Clarice. *Aprendendo a Viver*. Rio de Janeiro: Rocco, 2005.

ria nunca. Platão criticava a retórica e a poesia por trabalharem com invenções e se fundamentarem na tentativa de convencer alguém de alguma coisa sem se preocupar com a verdade.

Aristóteles, discípulo de Platão, escreveu uma das mais belas obras sobre virtude da Antiguidade clássica: *Ética à Nicômaco*. Um tratado sobre felicidade, em que o pensador descreve com minúcias a conduta humana e a busca do meio-termo, do equilíbrio. Para o filósofo, o ser humano é potência e ato, essência e aparência, forma e matéria. O hábito faz com que a potência se concretize em ato, e em ato correto, perfeito. A virtude é um hábito que tem de ser percorrido durante toda a vida. A educação individual leva vantagem sobre a educação coletiva. O professor, como o médico, precisa conhecer o seu aluno. Assim como o medicamento prescrito pelo médico depende do conhecimento que ele possui do paciente, deve o educador também, assim, se relacionar com o educando. Além disso, talvez uma das maiores contribuições de Aristóteles esteja no estudo realizado sobre as emoções. Segundo ele, seria preciso construir um equilíbrio entre a razão e a emoção. Não haveria aprendizagem se a emoção não fosse contemplada. A emoção serviria para libertar ou bloquear, impulsionar ou destruir.

A conexão entre razão e emoção, aliás, é assunto que prevalece nas mais criativas abordagens contemporâneas. A respeito do conceito de infelicidade, por exemplo, enquanto o escritor africano Mia Couto[*] se utiliza da ironia em sua poesia – *"Sou feliz só por preguiça. A infelicidade dá uma trabalheira pior que doença: é preciso entrar e sair dela, afastar os que nos querem consolar, aceitar pêsames por uma porção da alma que nem chegou a falecer."* – Guimarães Rosa assegura que *"infelicidade é uma questão de prefixo"*. Quantos ensinamentos e reflexões filosóficas nos traz a literatura!

**Roma** nos deixou como maior legado o direito romano, conjunto de regras jurídicas observadas nos negócios do Estado e nas relações entre os cidadãos. Tanto na Realeza como na República ou no Império, os romanos acreditavam em uma educação que Cícero definia como *humanitas,* cujo conceito era semelhante ao da Paideia grega.

No período da Realeza, a sociedade romana se dividia entre patrícios (homens do poder) e plebeus (homens do povo). A educação ministrada pelo Estado envolvia somente os patrícios. Na República, os patrícios eram submetidos a um preparo ainda maior para o exercício dos cargos políticos. Os se-

---
* COUTO, Mia. *Mar me quer*. Alfragide: Editora Caminho, 2001.

nadores, por exemplo, eram vitalícios, mas muitos outros cargos eram disputados pelo povo e dependiam de instrução. A escola servia para isso. No Império, pouca coisa mudou com relação à educação, a não ser a crescente influência de um Estado cada vez mais forte. Até os sete anos, as crianças ficavam sob os cuidados da mãe ou da matrona (mulher responsável). Depois, as meninas continuavam em casa, enquanto os meninos passavam a frequentar as festas religiosas e cívicas. Aprendiam também a ler, a escrever, a manejar armas e a arar a terra. Aos 15 anos, começavam a entender melhor dos negócios do Estado; era o início da aprendizagem do Direito.

Os imperadores foram responsáveis por alguns feitos em benefício da educação que merecem ser destacados: Vespasiano liberou os impostos dos professores do ensino médio, beneficiando Quintiliano, um dos maiores mestres da retórica, e Trajano determinou que se alimentassem os estudantes pobres.

Cícero foi um dos grandes pensadores romanos. Famoso pela brilhante oratória defendeu uma escola que formasse homens dotados de cultura universal, que incluía filosofia, formação jurídica, desenvolvimento de habilidades de linguagem e matemática, atividades teatrais e esportivas. Sêneca, outro pensador romano de suma importância, acreditava em uma educação que servisse para reduzir os apetites pessoais e que fosse capaz de construir verdades universais. Quintiliano valorizava a psicologia como forma de se entender as peculiaridades de cada aluno. Um aluno é um só, é individual, propagava o pensador. Insistia ainda em uma educação que mesclasse teoria e prática, recreação e trabalho. Acreditava que, com isso, o ensino seria menos árduo e mais proveitoso. Embora considerasse essencial o respeito ao indivíduo, Quintiliano valorizava as atividades em grupo para estimular a convivência entre os aprendizes.

Permitimo-nos realizar uma breve viagem por um tempo riquíssimo da história. Muito haveria a ser dito e tantos outros pensadores poderiam ainda ser trazidos à reflexão. Entretanto, este livro não tem por objetivo estabelecer a trajetória da história da educação nos seus 2.500 anos de existência. Ele tem por escopo promover uma reflexão sobre a construção de uma escola que atenda às demandas da sociedade contemporânea. Vale ressaltar, então, alguns aspectos já mencionados.

Na organização tribal, como vimos, existia a preocupação de se educar para a vida. Em consonância com os costumes tribais, os pais não poderiam bater em seus filhos para que eles aprendessem, mas tinham a obrigação de respeitar o tempo da sua aprendizagem. A educação deveria ser, ainda, integral e universal, ou seja, destinada à formação do homem no seu todo e, ao mesmo tempo, de todos os homens. Dos egípcios, chineses, mesopotâmicos e hebreus advém a importância da palavra, seja escrita ou falada, assim como a arte e os esportes. Da Índia, o respeito ao mestre; o mestre iluminado que é capaz de irradiar luz. Dos gregos, o valor à pessoa, à virtude, ao equilíbrio, ao hábito de ser bom e belo ao mesmo tempo, à humildade em ensinar e aprender, e ao potencial de que todos dispõem de ensinar e de aprender. Também o culto à beleza física e espiritual, que inspira os homens educados, na maturidade, a deixarem de lado as coisas efêmeras e partirem em busca do essencial. E o essencial é o diálogo entre a emoção e a razão. Dos romanos, a construção do direito e de um homem culto e universal. A preocupação com um processo de ensino e aprendizagem que mescle recreação e trabalho, teoria e prática, com vias a sua maior eficiência, e que, acima de tudo, leve em conta o indivíduo, posto que a educação necessita se dar individualmente, sem a presunção de que todos os alunos fossem iguais, como já haviam dito os gregos. Além disso, os romanos nos legaram uma educação social com vias à consecução de objetivos práticos para o atendimento das demandas da sociedade.

O fascinante em toda essa história é podermos relembrar a atualidade dos sonhos e realizações desses povos. Pouco há que se acrescentar, sob o ponto de vista conceitual, a respeito da essência do processo educativo. Seja ele integral, dialogal, racional ou emocional, o importante é que sirva de preparo para a vida, respeitadas as diferenças individuais e o tempo de cada um para o desenvolvimento da aprendizagem.

No texto a seguir, podemos refletir um pouco sobre o tema trazido por Aristóteles em que se observa a valorização da prudência e da virtude. A palavra é tratada como um instrumento de que dispõem os seres humanos para perseguirem a sua vocação, qual seja a de viver em sociedade. E para que isso se realize sem traumas, o filósofo considera a justiça sua grande aliada. Para Aristóteles, o ser humano nasceu para ser feliz, por isso tanto busca a felicidade. E a educação é o meio de se conhecer o que é necessário para ser feliz:

## O Animal Político

*O homem é naturalmente um animal político, destinado a viver em sociedade, e aquele, que por instinto, e não porque qualquer circunstância o inibe, deixa de fazer parte de uma cidade, é um ser vil, ou então superior ao homem. Tal indivíduo, como disse Homero, merece a censura cruel de ser um sem-família, sem-leis, sem-lar. Porque ele é ávido de combates e, como as aves de rapina, incapaz de se submeter a qualquer obediência.*

*Claramente se compreende a razão de ser o homem um animal sociável em grau mais elevado que as abelhas e todos os outros animais que vivem reunidos. A natureza, dizemos, nada faz em vão. Só o homem, entre todos os animais, tem o dom da palavra; a voz é o sinal da dor e do prazer, e é por isso que ela foi também concedida aos outros animais. Estes chegam a experimentar sensações de dor e de prazer, e a se fazer compreender uns aos outros. A palavra, porém, tem por fim fazer compreender o que é útil ou prejudicial e, em consequência, o que é justo ou injusto. O que distingue o homem de um modo específico é que ele sabe discernir o bem do mal, o justo do injusto, e assim todos os sentimentos da mesma ordem cuja comunicação constitui precisamente a família do Estado.*

*Na ordem da natureza o Estado se coloca antes da família e antes de cada indivíduo, pois que o todo deve, forçosamente, ser colocado antes da parte. (...) Evidentemente o Estado está na ordem da natureza e antes do indivíduo; porque, se cada indivíduo isolado não se basta a si mesmo, assim se dará também com as partes em relação ao todo. Ora, aquele que não pode viver em sociedade, ou que de nada precisa para bastar-se a si próprio, não faz parte do Estado; é um bruto ou um deus. A natureza compele, assim, todos os homens a se associarem. Àquele que primeiro estabeleceu isso se deve o maior bem; porque, se o homem, tendo atingido a sua perfeição, é o mais excelente entre os animais, também é o pior quando vive isolado, sem leis e sem preconceitos. Terrível calamidade é a injustiça que tem armas na mão. As armas que a natureza dá ao homem são a prudência e a virtude. Sem virtude, ele é o mais ímpio e o mais feroz de todos os seres vivos; nada mais sabe, por sua vergonha, que amar e comer. A justiça é a base da sociedade. Chama-se julgamento a aplicação do que é justo.*

Para concluir essa reflexão, juntamos a angústia de João Cabral de Melo Neto, no poema *Rios sem Discurso*\*, que traz a não valia das palavras – expressão maior da comunicação humana, do entendimen-

---
\* MELO NETO, João Cabral de. *A educação pela pedra*. Rio de Janeiro: José Olympio, 1979.

to entre os homens — estanques, em estado de inconvivência, paralisadas, ainda por dizer:

*Quando um rio corta, corta-se de vez
o discurso-rio de água que ele fazia;
cortado, a água se quebra em pedaços,
em poços de água, em água paralítica.
Em situação de poço, a água equivale
a uma palavra em situação dicionária:
isolada, estanque no poço dela mesma,
e porque assim estanque, estancada;
e mais: porque assim estancada, muda,
e muda porque com nenhuma comunica,
porque cortou-se a sintaxe desse rio,
o fio de água por que ele discorria. [...]*

## Capítulo II

## O teocentrismo medieval e o antropocentrismo renascentista

A Idade Média compreende um período de dez séculos. Inicia-se por volta do ano de 476, com a queda do Império Romano do Ocidente, e termina com a chegada da modernidade no século XV.

Muitos autores trataram a Idade Média como o período das trevas, do obscurantismo, do medo. Alguns chegaram a afirmar que a época foi uma noite prolongada depois de um belo dia, a Antiguidade Clássica. E que o dia só retornou com o início do antropocentrismo renascentista. Parece um pouco de exagero esse reducionismo. No entanto, a Idade Média trouxe contribuições inegáveis em todas as áreas do conhecimento. Para o nosso estudo, abordaremos apenas algumas questões relevantes que se referem à educação.

A fragmentação do Império Romano deu à Igreja um poder agregador e aos mosteiros um espaço privilegiado de contemplação e estudo. Os monges eram os únicos letrados. Por meio da escrita, registravam a história, eternizavam a memória. Nem a nobreza, nem os servos sabiam ler. A Igreja ditava as regras, coroava os reis, cuidava da alma e do corpo. Dos sentimentos que enlevavam a natureza humana como a cultura e a oração às opções políticas.

Além da Igreja Católica, há de se levar em conta a força da educação islâmica. Os árabes, em Bagdá, no século VIII, criaram a "Casa da Sabedoria", que agregava uma significativa biblioteca e um corpo de tradutores vindos de lugares como a China, a Grécia e a Índia. Estudavam matemática, medicina, geografia e astronomia, e divulgavam as obras de Aristóteles. Com preocupação eminentemente religiosa construíram numerosas escolas com a finalidade de se ensinar o Alcorão. As crianças que frequentavam essas escolas primárias sabiam de cor a palavra de Alá.

Na Igreja Católica, as escolas proliferavam junto às catedrais e nos mosteiros. Com Carlos Magno, coroado rei pelo papa Leão III no século IX, as escolas se propagaram com a finalidade de formar o caráter e a espiritualidade. Trabalhavam com o *trivium* (três vias) – gramática, retórica e dialética; e o *quadrivium* (quatro vias) – geometria, aritmética, astronomia e música. A educação era voltada para uma pequena elite, que podia dispor do ócio sagrado.

O enfoque educacional mudou radicalmente com o florescimento da burguesia. Quando os burgueses chegaram ao poder, antes restrito aos membros da nobreza e do clero, o ensino passou a ser menos teórico e mais prático, por exigência das relações comerciais. O latim foi substituído pela língua nacional, e as escolas seculares (não religiosas) começam a dar ênfase a disciplinas mais práticas, como a história, a geografia e as ciências naturais, além da matemática aplicada ao comércio e da retórica como processo de negociação. As acomodações dessas escolas eram modestas. Alguns ensinavam nas casas; outros, nas praças; outros mais, em uma sala ou embaixo de alguma árvore. O importante para essa época eram o conhecimento e a didática do professor.

As mulheres praticamente não estudavam. A mulher pobre trabalhava ao lado do marido, ambos analfabetos. A considerada rica estudava música, religião e artes manuais, em seus próprios castelos. Em alguns mosteiros, entretanto, ensinavam-se as meninas. A maior parte delas, com o intuito de seguir a vida religiosa, estudava latim, grego, filosofia e teologia.

Os monges copistas iam enriquecendo as bibliotecas com um trabalho paciente, que visava dar acesso às obras essenciais para o desenvolvimento espiritual.

Umberto Eco, escritor e crítico literário italiano, em seu admirável romance de estreia, O *Nome da Rosa*\*, nos presenteou com uma história situada no século XIV, na qual discorre sobre os acontecimentos em um mosteiro beneditino italiano, que possuía o maior acervo de obras literárias do mundo. É de extrema riqueza uma de suas páginas em que descreve com detalhes o ofício dos monges copistas:

*"[...] Ainda que estivesse muito frio, a temperatura no* scriptorium *era bastante tolerável. Não fora por acaso que tinha sido disposto em cima das cozinhas de onde vinha muito calor, mesmo porque os canos de fumaça dos dois fornos logo embaixo passavam por dentro das pilastras que sustinham as duas escadas em caracol, postas nos torreões ocidental e meridional. Quanto ao torreão setentrional, do lado oposto à grande sala, não tinha escada, mas uma grande lareira que ardia difundindo um agradável calor. Além disso, o pavimento tinha sido recoberto de palha, que tornava os nossos passos silenciosos. Em suma, o canto menos*

---

\* ECO, Umberto. *O nome da Rosa*. Rio de Janeiro: Record, 1986.

*aquecido era o do torreão oriental e de fato reparei que todos tendiam a evitar as mesas colocadas naquela direção, uma vez que permaneciam lugares vazios em relação ao número de monges trabalhando. Quando mais tarde me dei conta de que a escada em caracol do torreão ocidental era a única que conduzia tanto para baixo, ao refeitório, como para cima, à biblioteca, perguntei-me se um cálculo inteligente não regularia o aquecimento da sala, de modo que os monges fossem dissuadidos a espiar aquele lado e ficasse mais fácil para o bibliotecário controlar o acesso à biblioteca. Mas talvez minhas suspeitas fossem exageradas, fazendo de mim um pobre macaco de meu mestre, porque logo pensei que esse cálculo não teria dado bom fruto no verão – a menos (eu me disse) que no verão aquele não fosse exatamente o lado mais ensolarado e por isso, ainda uma vez, o mais evitado.*

*A mesa do pobre Venâncio estava de costas para a grande lareira e era provavelmente uma das mais requisitadas. Eu passara até então uma pequena parte de minha vida num* scriptorium, *mas em seguida passei uma boa parte e sei quanto sofrimento custa ao escriba, ao rubricador e ao estudioso transcorrer em sua mesa as longas horas de inverno, com os dedos que se contraem sobre o estilo (enquanto que já com uma temperatura normal, após seis horas de escritura, a terrível câimbra apodera-se dos dedos do monge e o polegar dói como se estivesse esmagado). E isso explica porque, frequentemente, encontramos à margem do manuscrito frases deixadas pelo escriba como testemunho do sofrimento (e de paciência) tais como "Graças a Deus logo vai ficar escuro", ou "Oh, tivesse eu um bom copo de vinho!", ou ainda "Hoje faz frio, a luz está fraca, este velo é peloso, alguma coisa está errada". Como diz um antigo provérbio, três dedos seguram a pena, mas o corpo inteiro trabalha. E dói".*

As bibliotecas eram, na Idade Média, lugares proibidos e sagrados. O *scriptorium* era o local dos mosteiros destinado aos monges que na época medieval escreviam os manuscritos. Uma ideia do esmero com que era desempenhado esse trabalho pode ser depreendida pelas orientações de São Martinho de Tours aos monges copistas encarregados da confecção de bíblias conhecidas por sua beleza e cuidado:

*Que tomem lugar os que escrevem as palavras da lei santa, assim como os ensinamentos dos santos padres. Que eles não se permitam misturar suas tagarelices frívolas, com medo de que essa frivolidade não induza sua mão ao erro. Que consigam textos corrigidos com cuidado, a fim de que a pena do pássaro siga certa pelo seu caminho. Que distingam as nuances dos sentidos das palavras, por membros e incisos, e que coloquem cada ponto em seu lugar, a fim de que o leitor não leia coisas falsas, ou talvez permaneça repentinamente interditado na igreja diante dos seus irmãos na religião.*

*De resto, deve-se fazer obra valiosa, e copiar os livros santos, e o escriba não será privado da sua própria recompensa. Mais do que cavar a videira, é bom copiar livros: lá se trabalha para a venda, aqui, para a alma. Do novo e do antigo, todo mestre poderá produzir em abundância, se ele ler os ensinamentos dos santos padres. (Alain, "Poème nº 94")*

Alguns movimentos filosóficos surgiram na Idade Média. Dois dos mais importantes foram a Patrística e a Escolástica.

A Patrística teve como maior expoente Agostinho de Hipona (354-430). Nasceu em Tagaste. Foi professor de Retórica em sua cidade natal, em Roma e em Milão. Preocupou-se, de início, com uma filosofia maniqueísta, que acreditava em dois princípios regentes do universo: o bem e o mal. Converteu-se depois ao cristianismo e tornou-se bispo de Hipona. Acreditava que o ser humano recebia de Deus um dom especial, uma fonte de inteligência que lhe ensejaria condições de percorrer os caminhos do bem. A isso, dava o nome de Teoria da Iluminação. Iluminado por Deus, o mestre transmitia ao aluno os instrumentos que o ajudariam a encontrar, dentro de si mesmo, a verdade revelada. Toda a educação era provocada de fora para dentro, como Sócrates e Platão também acreditavam que fosse necessário.

A Escolástica teve em São Tomás de Aquino (1225-1274) seu apogeu. Agostinho aproximou-se mais da teoria platônica, enquanto Tomás foi um profundo conhecedor da teoria aristotélica. Tanto um como outro escreveram sobre educação. As obras de ambos, dedicadas ao assunto, têm o mesmo nome: *De Magistro*. Tomás acreditava, como Aristóteles, que o ser humano é potência e ato. E que a educação é o caminho para que a potência se concretize em ato. Um caminho que faz com que o educando consiga atingir a verdade, superando a ignorância que leva ao erro e ao engano. A verdade é o bem. E o bem é a ausência de pecado. Ou seja, aprende-se para conhecer o que é correto e o que conduz à felicidade. Não há felicidade longe de Deus. E é em Deus que o conhecimento ganha significado. Só há aprendizagem, quando há retidão. O homem educado é o homem reto.

Outro fator importante preconizado pela educação medieval é o teatro. O teatro sacro se propunha a confirmar a fé por meio do duelo entre a felicidade, que vem da harmonia espiritual, e o prazer efêmero, que decorre da ignorância do homem que busca no prazer a fonte da sua realização. Ao lado do teatro sacro, proliferavam as manifestações artísticas populares. O carnaval trazia uma representação teatral mais cômica. A comédia dos loucos arrastava pessoas que tinham como única finalidade o entretenimento, e não o desenvolvimento do espírito.

O Renascimento buscou a contraposição das ideias medievais colocando o homem, e não Deus, no centro das discussões filosóficas. O objetivo era o de formar o humanista, o homem culto que poderia frequentar a corte com elegância.

A educação virou moda, e os manuais sobre o assunto proliferaram, destinados a atender alunos e professores. Muitos colégios foram inaugurados. Os mais ricos e os membros da alta nobreza continuaram sendo educados em seus próprios castelos, enquanto a pequena nobreza e os comerciantes enviavam seus filhos para a escola na esperança de dar-lhes uma vida digna. Cobiçavam postos de liderança na política ou na administração privada.

A educação moral ganhava força, e os castigos corporais começaram a fazer parte da disciplina visando à formação de homens de bem. Na Idade Média isso não ocorria, e a relação entre adultos e crianças se dava de forma muito mais natural. Até mesmo a arquitetura privilegiava essa convivência. A modernidade não tolerava essa mistura, como não tolerava também a indisciplina, que retardava o processo de aprendizagem.

No século XIV, um educador italiano, Vittorino da Feltre, fundou uma escola, a Casa Giocosa, cujo lema era: "Vinde, meninos, aqui se ensina, não se atormenta". Giocosa significa alegre. Vem do latim *jocus*, que significa divertimento, jogo. Sua escola preocupava-se com a sociabilidade e o autodomínio, de forma lúdica. Aulas de música, canto e pintura misturavam-se a esportes como equitação, natação e esgrima. Artes e esportes eram ministrados para formar o caráter, não a rudeza dos castigos corporais. Assim, de um lado, os que defendiam a disciplina pelo medo, e, de outro, os que acreditavam na harmonia de uma educação que sensibilizava e preparava os alunos para a conduta correta.

Martinho Lutero, no final do século XV, pugnou por uma educação primária para todas as crianças. A escola tinha de ser universal, embora ele aceitasse a distinção entre o que se deveria ensinar para as camadas trabalhadoras e para a elite. Recusava os castigos corporais e valorizava os exercícios físicos e artísticos. A música tinha espaço privilegiado em seu processo educativo.

No mesmo período, Inácio de Loyola fundou a Companhia de Jesus, aprovada pelo papa Paulo III, em 1540. O objetivo era, com rígida disciplina, lutar contra os infiéis e levar os valores cristãos para os confins da terra. Da Europa partiram para a Ásia, a África e as Américas. Em pouco tempo, já tinham criado 150 colégios. Chegaram a 669 em 1749.

O estudo nessas escolas era rigoroso. Aprendiam os clássicos gregos e latinos, e trabalhavam a eloquência. Tinham de conhecer com profundidade a gramática e memorizar textos considerados essenciais para o desenvolvimento do caráter. Os melhores alunos auxiliavam os demais, que aprendiam pela prática da repetição. Aos sábados, daí o nome de sabatina, as classes inferiores tinham de repetir as lições da semana toda. Outra característica do ensino dos jesuítas era a competição entre os indivíduos e as classes: os melhores recebiam prêmios, e os piores eram apontados como perdedores.

A preocupação do contato dos alunos com os seus pais não era grande. Ao contrário, as férias eram poucas, e as visitas, restritas. Sabiam que a moral precisava de um tempo para ser solidificada, e os exemplos provenientes das famílias estavam muito aquém do que os jesuítas sonhavam para os seus alunos. Exatamente pela descrença de uma mudança radical na postura de vida dos adultos é que os jesuítas foram levados a se preocupar em educar as crianças. Os castigos físicos, às vezes, eram necessários e, para executá-los, buscava-se uma pessoa de fora do colégio para realizar essa tarefa dolorosa: o "corretor".

Como cresceram muito e ganharam prestígio e poder, os jesuítas geraram polêmicas e crises em vários governos. No Brasil, por exemplo, foram expulsos pelo marquês de Pombal, em 1759. Eram considerados dogmáticos, autoritários e ultrapassados, sendo acusados de se preocuparem com o poder político mais do que propriamente com o ensino.

Muitos pensadores de espírito renascentista trouxeram luz ao novo homem que nascia. Nicolau Maquiavel (1469-1527) fundou a ciência política moderna. Tendo participado do governo de Florença e conhecido grandes líderes políticos da época, preocupou-se em desmistificar e desmitificar o conceito de poder. Livre de mitos e deuses, o poder haveria de pertencer à esfera humana, e sua conquista e manutenção deveriam obedecer a duas questões básicas: a *fortuna* e a *virtù*. Por *fortuna*, entendia-se a sorte, a ocasião. E por *virtù*, a capacidade de antevisão. O homem virtuoso era aquele que, mesmo não tendo nascido filho de príncipe, conseguia chegar ao poder porque soube se valer dos meios necessários para esse fim. Chegar ao poder, porém, não bastava. Era preciso compreender que o poder não era algo que se possuía, mas um processo que ia e vinha, dependendo exatamente da *virtù*. Muitos homens erravam por não perceberem o perigo dos aduladores, por se cercarem de maus ministros e por não acreditarem no próprio poder.

Maquiavel ficou conhecido como o pensador que admitia as piores ações para a conquista do poder. Na verdade, o desejo do autor de *O Príncipe* era apenas o de mostrar os meandros do poder. Muito mais do que criar uma teoria que construísse um conceito ético do dever-ser, o seu desejo era o de mostrar a realidade como ela era. Ao contrário de muitos outros pensadores contemporâneos a ele, que escreviam sobre utopias, Maquiavel preferia a realidade, os seus desafios e desatinos. O conhecimento era a grande arma para a conquista do poder. Por poder, pode-se entender credibilidade, respeito, vitória. Na sua visão, esse era o maior desafio do ser humano.

Erasmo de Rotterdam (1467-1536) foi um crítico contumaz da educação autoritária e cruel. Tratava com ironia o formalismo das universidades e valorizava os gregos por terem sabedoria sem presunção. Dava importância à literatura e à estética. Em sua obra *Elogio da Loucura*, critica a tirania e todas as formas de superstição que permitem aos espertos dominarem os crédulos. Tratando de educação, Erasmo defendia o respeito ao amadurecimento da criança. Era preciso que o prazer fizesse parte do processo educativo e que os castigos corporais fossem abandonados.

Michel de Montaigne (1533-1592), nascido de uma rica família francesa, teve uma educação primorosa. Mais tarde, elogiou o pai por ter escolhido preceptores competentes e dóceis. Como Erasmo, desprezava a educação que se utilizava de castigos corporais, bem como aqueles que se valiam de um pedantismo acadêmico por se sentirem mais sábios. Para ele, a solução estava na educação integral, que favorecia a concepção de espíritos ágeis e críticos, que pudessem atuar com maior autonomia nas relações com a sociedade ou, em outras palavras, uma educação que permitisse formar gentis-homens.

Como Aristóteles, Montaigne acreditava em uma educação que desenvolvesse bons hábitos. Os mestres e os alunos não seriam melhores por terem estudado mais. O estudo tinha o objetivo de desenvolver o bom-senso e a virtude. Aprender grego ou latim não significava nada se o grego e o latim apreendidos não ajudassem na construção de um homem melhor. A educação seria, assim, a garantia de uma sociedade formada por homens de bem.

O conto do genial Guimarães Rosa, *O Famigerado*\*, estabelece um paralelo importante sobre o que falamos: de um lado, o doutor, homem letrado, temendo a superioridade da força física e a má fama de Damázio dos Siqueiras; de outro, o ser diminuído diante da grandeza do conhecimento do doutor:

*Foi de incerta feita – o evento. Quem pode esperar coisa tão sem pés nem cabeça? Eu estava em casa, o arraial sendo de todo tranquilo. Parou-me à porta o tropel. Cheguei à janela.*

*Um grupo de cavaleiros. Isto é, vendo melhor: um cavaleiro rente, frente à minha porta, equiparado, exato; e, embolados, de banda, três homens a cavalo. Tudo, num relance, insolitíssimo. Tomei-me nos nervos. O cavaleiro esse – o oh-homem-oh – com cara de nenhum amigo. Sei o que é influência de fisionomia. Saíra e viera, aquele homem, para morrer em guerra. Saudou-me seco, curto pesadamente. Seu cavalo era alto, um alazão; bem arreado, ferrado, suado. E concebi grande dúvida.*

*Nenhum se apeava. Os outros, tristes três, mal me haviam olhado, nem olhassem para nada. Semelhavam a gente receosa, tropa desbaratada, sopitados, constrangidos coagidos, sim. Isso*

---

\* ROSA, Guimarães. *Primeiras estórias*. Rio de Janeiro: Nova Fronteira, 2005.

*por isso, que o cavaleiro solerte tinha o ar de regê-los: a meio--gesto, desprezivo, intimara-os de pegarem o lugar onde agora se encostavam. Dado que a frente da minha casa reentrava, metros, da linha da rua, e dos dois lados avançava a cerca, formava-se ali um encantoável, espécie de resguardo. Valendo-se do que, o homem obrigara os outros ao ponto donde seriam menos vistos, enquanto barrava-lhes qualquer fuga; sem contar que, unidos assim, os cavalos se apertando, não dispunham de rápida mobilidade. Tudo enxergara, tomando ganho da topografia. Os três seriam seus prisioneiros, não seus sequazes. Aquele homem, para proceder da forma, só podia ser um brabo sertanejo, jagunço até na escuma do bofe. Senti que não me ficava útil dar cara amena, mostras de temeroso. Eu não tinha arma ao alcance. Tivesse, também, não adiantava. Com um pingo no i, ele me dissolvia. O medo é a extrema ignorância em momento muito agudo. O medo O. O medo me miava. Convidei-o a desmontar, a entrar.*

*Disse de não, conquanto os costumes. Conservava-se de chapéu. Via-se que passara a descansar na sela — decerto relaxava o corpo para dar-se mais à ingente tarefa de pensar. Perguntei: respondeu-me que não estava doente, nem vindo à receita ou consulta. Sua voz se espaçava, querendo-se calma; a fala de gente de mais longe, talvez são-franciscano. Sei desse tipo de valentão que nada alardeia, sem farroma. Mas avessado, estranhão, perverso brusco, podendo desfechar com algo, de repente, por um és-não-és. Muito de macio, mentalmente, comecei a me organizar. Ele falou:*

*"Eu vim preguntar a vosmecê uma opinião sua explicada..."*
*Carregara a celha. Causava outra inquietude, sua farrusca, a catadura de canibal. Desfranziu-se, porém, quase que sorriu. Daí, desceu do cavalo; maneiro, imprevisto. Se por se cumprir do maior valor de melhores modos; por esperteza? Reteve no pulso a ponta do cabresto, o alazão era para paz. O chapéu sempre na cabeça. Um alarve. Mais os ínvios olhos. E ele era para muito. Seria de ver-se: estava em armas – e de armas alimpadas. Dava para se sentir o peso da de fogo, no cinturão, que usado baixo, para ela estar-se já ao nível justo, ademão, tanto que ele se persistia de braço direito pendido, pronto meneável. Sendo a sela, de notar-se, uma jereba papuda urucuiana, pouco de se achar, na região, pelo menos de tão boa feitura. Tudo de gente brava. Aquele propunha sangue, em suas tenções. Pequeno, mas duro, grossudo, todo em tronco de árvore. Sua máxima violência podia ser para cada momento. Tivesse aceitado de entrar e um café, calmava-me. Assim, porém, banda de fora, sem a-graças de hóspede nem surdez de paredes, tinha para um se inquietar, sem medida e sem certeza.*

– *"Vosmecê é que não me conhece. Damázio, dos Siqueiras... Estou vindo da Serra..."*

*Sobressalto. Damázio, quem dele não ouvira? O feroz de estórias de léguas, com dezenas de carregadas mortes, homem perigosíssimo. Constando também, se verdade, que de para uns anos ele se serenara – evitava o de evitar. Fie-se, porém, quem, em tais tréguas de pantera? Ali, antenasal, de mim a palmo! Continuava:*

— *"Saiba vosmecê que, na Serra, por o ultimamente, se compareceu um moço do Governo, rapaz meio estrondoso... Saiba que estou com ele à revelia... Cá eu não quero questão com o Governo, não estou em saúde nem idade... O rapaz, muitos acham que ele é de seu tanto esmiolado..."*

Com arranco, calou-se. Como arrependido de ter começado assim, de evidente. Contra que aí estava com o fígado em más margens; pensava, pensava. Cabismeditado. Do que, se resolveu. Levantou as feições. Se é que se riu: aquela crueldade de dentes. Encarar, não me encarava, só se fito à meia esguelha. Latejava-lhe um orgulho indeciso. Redigiu seu monologar. O que frouxo falava: de outras, diversas pessoas e coisas, da Serra, do São Ão, travados assuntos, insequentes, como dificultação. A conversa era para teias de aranha. Eu tinha de entender-lhe as mínimas entonações, seguir seus propósitos e silêncios. Assim no fechar-se com o jogo, sonso, no me iludir, ele enigmava: E, pá:

— *"Vosmecê agora me faça a boa obra de querer me ensinar o que é mesmo que é: fasmisgerado... faz-megerado... falmisgeraldo... familhas-gerado...?"*

Disse, de golpe, trazia entre dentes aquela frase. Soara com riso seco. Mas, o gesto, que se seguiu, imperava-se de toda a rudez primitiva, de sua presença dilatada. Detinha minha resposta, não queria que eu a desse de imediato. E já aí outro susto vertiginoso suspendia-me: alguém podia ter feito intriga, invencionice de atribuir-me a palavra de ofensa àquele homem; que muito, pois, *que aqui ele se famanasse, vindo para exigir-me, rosto a rosto, o fatal, a vexatória satisfação?*

— *"Saiba vosmecê que saí ind'hoje da Serra, que vim, sem parar, essas seis léguas, expresso direto pra mor de lhe preguntar a pregunta, pelo claro..."*

*Se sério, se era. Transiu-se-me.*

— *"Lá, e por estes meios de caminho, tem nenhum ninguém ciente, nem têm o legítimo — o livro que aprende as palavras... É gente pra informação torta, por se fingirem de menos ignorâncias... Só se o padre, no São Ão, capaz, mas com padres não me dou: eles logo engambelam... A bem. Agora, se me faz mercê, vosmecê me fale, no pau da peroba, no aperfeiçoado: o que é que é, o que já lhe perguntei?"*

*Se simples. Se digo. Transfoi-se-me. Esses trizes:*

— *Famigerado?*

— *"Sim senhor..."* — *e, alto, repetiu, vezes, o termo, enfim nos vermelhões da raiva, sua voz fora de foco. E já me olhava, interpelador, intimativo — apertava-me. Tinha eu que descobrir a cara.* — *Famigerado? Habitei preâmbulos. Bem que eu me carecia noutro ínterim, em indúcias. Como por socorro, espiei os três outros, em seus cavalos, intugidos até então, mumumudos. Mas, Damázio:*

— *"Vosmecê declare. Estes aí são de nada não. São da Serra. Só vieram comigo, pra testemunho..."*

*Só tinha de desentalar-me. O homem queria estrito o caroço: o veriverbio.*

— *Famigerado é inóxio, é "célebre", "notório", "notável"...*
— *"Vosmecê mal não veja em minha grossaria no não entender. Mais me diga: é desaforado? É caçoável? É de arrenegar? Farsância? Nome de ofensa?"*
— *Vilta nenhuma, nenhum doesto. São expressões neutras, de outros usos...*
— *"Pois... e o que é que é, em fala de pobre, linguagem de em dia-de-semana?"*
— *Famigerado? Bem. É: "importante", que merece louvor, respeito...*
— *"Vosmecê agarante, pra a paz das mães, mão na Escritura?"*

*Se certo! Era para se empenhar a barba. Do que o diabo, então eu sincero disse:*

— *Olhe: eu, como o sr. me vê, com vantagens, hum, o que eu queria uma hora destas era ser famigerado — bem famigerado, o mais que pudesse!...*
— *"Ah, bem!..." — soltou, exultante.*

*Saltando na sela, ele se levantou de molas. Subiu em si, desagravava-se, num desafogaréu. Sorriu-se, outro. Satisfez aqueles três: — "Vocês podem ir, compadres. Vocês escutaram bem a boa descrição..." — e eles prestes se partiram. Só aí se chegou, beirando-me a janela, aceitava um copo d'água. Disse: — "Não há como que as grandezas machas duma pessoa instruída!" Seja que de novo, por um mero, se torvava?*

*Disse:* — *"Sei lá, às vezes o melhor mesmo, pra esse moço do Governo, era ir-se embora, sei não..." Mas mais sorriu, apagara-se-lhe a inquietação. Disse:* — *"A gente tem cada cisma de dúvida boba, dessas desconfianças... Só pra azedar a mandioca..." Agradeceu, quis me apertar a mão. Outra vez, aceitaria de entrar em minha casa. Oh, pois. Esporou, foi-se, o alazão, não pensava no que o trouxera, tese para alto rir, e mais, o famoso assunto.*

## Capítulo III

### A educação contemporânea

Antes de apresentar seu modelo atual, o processo educacional sofreu a influência de numerosos pensadores antigos, modernos e contemporâneos, que, a exemplo de Maquiavel, ousaram propor questionamentos novos para o conhecimento e a ação humana.

Francis Bacon (1561-1626), considerado um filósofo utópico, descreveu em sua obra, *A Nova Atlântida*, o caminho para que todas as pessoas pudessem se desenvolver na sociedade. Discorria sobre a *Casa de Salomão*, um lugar privilegiado para onde os habitantes da ilha imaginária – a nova Atlântida – trariam o conhecimento disponível no mundo. Como todos tinham acesso a essa *Casa*, era possível que convivessem em harmonia. Ainda segundo Bacon, quem possuía conhecimento detinha o poder; em outras palavras, saber era poder.

Galileu Galilei (1564-1642) valorizou o método da experimentação (empirismo), demonstrando que o conhecimento só poderia ser alcançado por meio dos sentidos. Dessa forma, fazia com que o saber rompesse a tradição racional, embasado em dogmas que não eram contestados porque não podiam sequer ser comprovados. O discurso mítico passou a dar lugar ao discurso de uma nova ciência, a crítica.

René Descartes (1596-1650) é considerado o pai da filosofia moderna. Contrapondo-se ao dogmatismo medieval propôs um processo do conhecimento fundamentado na *dúvida metódica*. Acreditava que era preciso duvidar de tudo. Duvidar dos sentidos, dos argumentos de autoridade, das verdades aparentes que vinham da enganação do próprio corpo, das opiniões ou dos dogmas. O que não se poderia duvidar era da possibilidade de duvidar: *cogito, ergo sum;* ou seja, duvido, logo existo. Era a razão, e não os sentidos, que conduzia o homem para o alcance da verdade. Os sentidos enganavam, a razão, não. Seu pensamento era exatamente o contrário dos pensamentos de Francis Bacon e John Locke. Estes últimos acreditavam que o método correto, que decorria das experiências particulares, era o indutivo. Da experimentação dos sentidos se chegava à verdade. Para Descartes, o método era o dedutivo. De um conhecimento maior se chegava aos menores. Isto é, a razão precedia a experimentação. Descartes criticava os empiristas, afirmando que o homem não podia ser uma tábula rasa, ou seja, uma folha em branco sobre a qual a experiência sensível escreveria. O ser humano nasce com o conhecimento. As ideias são inatas. O papel da educação é apenas o de desenvolvê-las.

John Locke (1632-1704) foi um dos principais intérpretes do liberalismo. Uma teoria que se opunha ao absolutismo dos reis e defendia os anseios da burguesia. Defendia a iniciativa privada contra o abuso estatal.

No estado de natureza, o homem era livre, e não havia força alguma que o subjugasse. A complexidade das relações fez com que se buscasse constituir um Estado, baseado em um pacto de boa convivência. Esse Estado não tinha o poder de destruir os direitos naturais nem de sustentar um soberano que não tivesse interesse público. Se o Estado nascera para atender ao interesse público, o soberano devia ser servo desse interesse, e não o contrário. A questão democrática era fundamental, e o voto definia a possibilidade de outras pessoas, que não as nascidas em famílias nobres, chegarem ao poder.

Locke valorizava a educação física, o cuidado com o corpo. Ele próprio tinha uma saúde frágil, era médico e via na educação uma fonte essencial de resistência física e moral. Propunha o tríplice desenvolvimento para a formação do homem gentil: o físico, o moral e o intelectual. A sua pedagogia foi tachada de elitista porque não defendia uma educação universal. Pelo contrário, acreditava que a formação dos que iriam governar deveria ser diferente da dispensada àqueles que seriam governados.

Jean-Jacques Rousseau (1712-1778) propôs uma educação embasada no retorno do homem à natureza (o bom selvagem) e à sua espontaneidade natural. A civilização roubava o que o homem tinha de melhor, seu sentimento de piedade que conduzia a sua vida à correção, evitando os vícios que corroíam os sentimentos e a razão. Era preciso que o cidadão fosse capaz de desenvolver a sua liberdade para que, de forma natural, aceitasse um contrato que visasse ao bem comum. Liberdade sem obediência não edifica a pessoa nem a sociedade. E seria a educação a responsável por mostrar ao homem a importância de ser livre e, ao mesmo tempo, obediente.

Rousseau desprezava a ideia de que a criança seria um adulto em miniatura, e enfatizava o conceito de que a educação precisaria se concentrar não no professor, mas no aluno. Em sua obra "*Emílio ou da Educação*", Rousseau, de forma romanceada, propõe um sistema educacional que permita ao indivíduo afastar-se da sociedade corruptora em que vive, aproximando-se do seu estado de bondade natural. Rousseau acreditava que o homem seria bom por natureza, mas sujeito a ser corrompido pela convivência social civilizatória, e que, depois de ter iniciado sua vida em sociedade, não conseguiria mais viver longe dela. Por isso, em obra anterior, Rousseau expõe a noção de contrato social, por meio do qual os indivíduos, sem renunciar a seus direitos naturais, entrariam em acordo para a proteção desses direitos, constituindo, para esse fim, um Estado ideal, que representaria a unidade, resultante do consenso e da vontade geral. Nesse contexto, a educação conseguiria cumprir o seu papel se permitisse que o homem percebesse que, apesar de corrompido pelo meio em que vive, ele, ainda assim, seria capaz de preservar o coração e a virtude longe do vício e do erro.

Os críticos de Rousseau afirmam que, apesar de correto quanto ao conteúdo do que se deve ensinar, a forma sugerida por ele seria profundamente elitista, comprometendo a garantia de uma educação para todos. Outro aspecto criticado diz respeito ao afastamento do indivíduo da sociedade, com o propósito de educá-lo. O homem é um animal social, e não haveria possibilidade de desenvolvimento humano longe da sociedade.

José de Alencar, escritor de prosa romântica, apresenta na figura do índio Peri os ideais do bom selvagem. Cabe a releitura da passagem final de sua obra *O Guarani*\*, em que o heroico, valente, bondoso e gentil Peri – diante do incêndio e da destruição que tomaram conta da propriedade de D. Antônio de Mariz –, salva sua amada, Ceci, enfrentando a tormenta das águas de uma furiosa tempestade, flutuando em uma canoa construída de uma palmeira, que, corajosa e apressadamente, arrancara do solo:

*A inundação crescia sempre; o leito do rio elevava-se gradualmente; as árvores pequenas desapareciam; e a folhagem dos soberbos jacarandás sobrenadava já como grandes moitas de arbustos.*

*A cúpula da palmeira, em que se achavam Peri e Cecília, parecia uma ilha de verdura banhando-se nas águas da corrente; as palmas que se abriam formavam no centro um berço mimoso, onde os dois amigos, estreitando-se, pediam ao céu para ambos uma só morte, pois uma só era a sua vida.*

*Cecília esperava o seu último momento com a sublime resignação evangélica, que só dá a religião do Cristo; morria feliz; Peri tinha confundido as suas almas na derradeira prece que expirara dos seus lábios.*

---

\* ALENCAR, José. *O Guarani*. São Paulo: Ciranda Cultural, 2009. Pág. 312.

— *Podemos morrer, meu amigo! — disse ela com uma expressão sublime. Peri estremeceu; ainda nessa hora suprema seu espírito revoltava-se contra aquela ideia, e não podia conceber que a vida de sua senhora tivesse de perecer como a de um simples mortal.*

— *Não! — exclamou ele. — Tu não podes morrer.*

*A menina sorriu docemente.*

— *Olha! — disse ela com a sua voz maviosa —, a água sobe, sobe...*

— *Que importa! Peri vencerá a água, como venceu a todos os teus inimigos.*

— *Se fosse um inimigo, tu o vencerias, Peri. Mas é Deus... É o seu poder infinito!*

— *Tu não sabes? — disse o índio como inspirado pelo seu amor ardente, — o Senhor do céu manda às vezes àqueles a quem ama um bom pensamento.*

Immanuel Kant (1724-1804), filósofo alemão, sintetizou o empirismo e o racionalismo, construindo uma nova forma de encarar o conhecimento. Sua obra foi profícua na busca da construção de um homem livre e responsável. É esse o papel da educação, fazer com que, no tempo certo, o homem saia de sua inferioridade e enfrente a vida com coragem. Kant acreditava em uma educação que formasse para a responsabilidade. O homem só poderia se tornar homem pela educação. E ele seria apenas o que ela o tornasse. Insistia, como seus antecessores, na defesa de que o conhecimento, sem a moral, não resultaria em proveito algum. A moral é tão ou mais importante que a bagagem intelectual.

Kant abominava o processo educativo que tivesse o objetivo de adestrar a criança. A obediência deveria ser voluntária. À imposição, seria preferível um processo de convencimento que fizesse com que o aprendiz entendesse o porquê da obediência, antes de se submeter a ela. Isso também deveria fazer parte da construção da liberdade. O homem, depois de ter entendido os seus limites e desenvolvido a sua vontade, seria, então, capaz de ser útil à sociedade e a si próprio. E o ideal seria que o respeito às leis não acontecesse em decorrência das ameaças de penalidade, mas da crença nessa liberdade, que não se apequena em busca de caprichos individuais, e sim, se agiganta na compreensão da própria humanidade.

Saindo do campo da filosofia, encontramos nos ensinamentos de um dos maiores educadores do século XVII, João Amós Comênio (1592-1670), considerado o pai da didática moderna, propostas pedagógicas hoje consagradas. Ele defendia uma educação universal. Acreditava no conceito de que era preciso ensinar tudo para todos. E mais do que isso, acreditava que o ensino deveria ser feito para a ação. Só se aprende a fazer algo, fazendo. E o aprendizado deve ser, portanto, uma ação com significância para a vida, e não apenas para a escola. O conhecimento puramente teórico perde sua finalidade porque não se torna significativo. Quando se aprende a fazer, fazendo, e se perpetra aquilo que a vida exige, o conhecimento encontra sua razão de ser, qual seja, melhorar o homem e o mundo. Comênio era pastor protestante e acreditava que a religião desempenhava um papel essencial na formação da pessoa e na sua visão de mundo.

Eis um trecho de sua *Didática Magna*:

*Que devem ser enviados às escolas não apenas os filhos dos ricos ou dos cidadãos principais, mas todos por igual, nobres e plebeus, ricos e pobres, rapazes e raparigas, em todas as cidades, aldeias e casas isoladas, demonstram-no as razões seguintes:*

*Em primeiro lugar, todos aqueles que nasceram homens, nasceram para o mesmo fim principal, para serem homens, ou seja, criatura racional, senhora das outras criaturas, imagem verdadeira do seu Criador. Todos, por isso, devem ser encaminhados de modo que, embebidos seriamente do saber, da virtude e da religião, passem utilmente a vida presente e se preparem dignamente para a futura. Que, perante*

*Deus, não há pessoas privilegiadas, Ele próprio o afirma constantemente. Portanto, se nós admitimos à cultura do espírito apenas alguns, excluindo os outros, fazemos injúria, não só aos que participam conosco da mesma natureza, mas também ao próprio Deus, que quer ser conhecido, amado e louvado por todos aqueles em quem imprimiu a sua imagem. E isso será feito com tanto mais fervor, quanto mais acesa estiver a luz do conhecimento: ou seja, amamos tanto mais quanto mais conhecemos.*

*(...)*
*Importa agora demonstrar que, nas escolas, se deve ensinar tudo a todos. Isto não quer dizer, todavia, que exijamos de todos o conhecimento de todas as ciências e de todas as artes (sobretudo se trata de um conhecimento exato e profundo). Com efeito, isso, nem, de sua natureza, é útil, nem, pela brevidade da nossa vida, é possível a qualquer dos homens.*

*(...)*
*Pretendemos apenas que se ensine a todos a conhecer os fundamentos, as razões e os objetivos de todas as coisas principais, das que existem na natureza como das que se fabricam, pois somos colocados no mundo, não somente para que nos façamos de espectadores, mas também de atores.*

Ser ator, e não espectador, era invariavelmente o sonho dos pensadores antropocêntricos. A educação precisava dar condições para que o homem pudesse se desenvolver, superando a si mesmo e àqueles que tentavam convencê-lo de sua eterna ignorância.

No Brasil, desde o descobrimento, encontramos agremiações escolares fundadas por missões religiosas de jesuítas – que eram os mais – carmelitas e franciscanos, dos quais, destaca-se um dos maiores pensadores da época chamada moderna, Padre Antonio Vieira, que fez dos seus sermões uma vasta obra literária. Defendeu os indígenas e teve muitos problemas com os colonos que quiseram escravizá-los.

Em seu *Sermão de Santo Antônio aos Peixe*s, pregado em São Luís – MA, em 1654 –, Padre Vieira nos revela, por meio de sua ironia, os vícios e as virtudes humanas, comparando o homem, alegoricamente, aos peixes. Dias depois, o jesuíta embarca, às escondidas, para Portugal. Nessa época, Padre Vieira buscava salvar os índios que estavam em luta contra os colonizadores que desejavam a sua escravização:

***Vos estis sal terrae.***
S. Mateus, V, 13.

I

*Vós, diz Cristo, Senhor nosso, falando com os pregadores, sois o sal da terra: e chama-lhes sal da terra, porque quer que façam na terra o que faz o sal. O efeito do sal é impedir a corrupção; mas quando a terra se vê tão corrupta como está a nossa, havendo tantos nela que têm ofício de sal, qual será, ou qual pode ser a causa desta corrupção? Ou é porque o sal não salga, ou porque a terra se não deixa salgar. Ou é porque o sal não salga, e os pregadores não pregam a verdadeira doutrina; ou porque a terra se não deixa salgar e os ouvintes, sendo verdadeira a doutrina que lhes dão, a não querem receber. Ou é porque o sal não salga, e os pregadores dizem uma cousa e fazem outra; ou porque a terra se não deixa salgar, e os ouvintes querem antes imitar o que eles fazem, que fazer o que dizem. Ou é porque o sal não salga, e os pregadores se pregam a si e não a Cristo; ou porque a terra se não deixa salgar, e os ouvintes, em vez de servir a Cristo, servem a seus apetites. Não é tudo isto verdade? Ainda mal!*

*Suposto, pois, que ou o sal não salgue ou a terra se não deixe salgar; que se há-de fazer a este sal e que se há-de fazer a esta terra? O que se há-de fazer ao sal que não salga, Cristo o disse logo:* Quod si sal evanuerit, in quo salietur? Ad nihilum valet ultra, nisi ut mittatur foras et conculcetur ab hominibus. *"Se o sal perder a substância e a virtude, e o pregador faltar à doutrina e ao exemplo, o que se lhe há-de fazer, é lançá-lo fora como inútil para que seja pisado de todos." Quem se atrevera a dizer tal cousa, se o mesmo Cristo a não pronunciara? Assim como não há quem seja mais digno de reverência e de ser posto sobre a cabeça que o pregador que ensina e faz o que deve, assim é merecedor de todo o desprezo e de ser metido debaixo dos pés, o que com a palavra ou com a vida prega o contrário.*

*Isto é o que se deve fazer ao sal que não salga. E à terra que se não deixa salgar, que se lhe há-de fazer? Este ponto não resolveu Cristo, Senhor nosso, no Evangelho; mas temos sobre ele a resolução do nosso grande português Santo António, que hoje celebramos, e a mais galharda e gloriosa resolução que nenhum santo tomou.*

*Pregava Santo António em Itália na cidade de Arimino, contra os hereges, que nela eram muitos; e como erros de entendimento são dificultosos de arrancar, não só não fazia fruto o santo, mas chegou o povo a se levantar contra ele e faltou pouco para que lhe não tirassem a vida. Que faria neste caso o ânimo generoso do grande António? Sacudiria o pó dos sapatos, como Cristo aconselha em outro lugar? Mas António com os pés descalços não podia fazer esta protestação; e uns pés a que se não pegou nada da terra não tinham que sacudir. Que faria logo? Retirar-se-ia? Calar-se--ia? Dissimularia? Daria tempo ao tempo? Isso ensinaria porventura a prudência ou a covardia humana; mas o zelo da glória divina, que ardia naquele peito, não se rendeu a semelhantes partidos. Pois que fez? Mudou somente o púlpito e o auditório, mas não desistiu da doutrina. Deixa as praças, vai-se às praias; deixa a terra, vai-se ao mar, e começa a dizer a altas vozes: Já que me não querem ouvir os homens, ouçam-me os peixes. Oh maravilhas do Altíssimo! Oh poderes do que criou o mar e a terra! Começam a ferver as ondas, começam a concorrer os peixes, os grandes, os maiores, os pequenos, e postos todos por sua ordem com as cabeças de fora da água, António pregava e eles ouviam.[...]*

## II

*Enfim, que havemos de pregar hoje aos peixes? Nunca pior auditório. Ao menos têm os peixes duas boas qualidades de ouvintes: ouvem e não falam. Uma só cousa pudera desconsolar ao pregador, que é serem gente os peixes que se não há-de converter. Mas esta dor é tão ordinária, que já pelo costume quase se não sente. Por esta causa não falarei hoje em Céu nem Inferno; e assim será menos triste este sermão, do que os meus parecem aos homens, pelos encaminhar sempre à lembrança destes dois fins.*

Vos estis sal terrae. *Haveis de saber, irmãos peixes, que o sal, filho do mar como vós, tem duas propriedades, as quais em vós mesmos se experimentam: conservar o são e preservá--lo para que se não corrompa. Estas mesmas propriedades tinham as pregações do vosso pregador Santo António, como também as devem ter as de todos os pregadores. Uma é louvar o bem, outra repreender o mal: louvar o bem para o conservar e repreender o mal para preservar dele. Nem cuideis que isto pertence só aos homens, porque também nos peixes tem seu lugar. [...] Suposto isto, para que procedamos com clareza, dividirei, peixes, o vosso sermão em dois pontos: no primeiro louvar-vos-ei as vossas virtudes, no segundo repreender-vos-ei os vossos vícios. E desta maneira satisfaremos às obrigações do sal, que melhor vos está ouvi-las vivos, que experimentá-las depois de mortos.*

*[...] Estes e outros louvores, estas e outras excelências de vossa geração e grandeza vos pudera dizer, ó peixes; mas isto é lá para os homens, que se deixam levar destas vaidades, e é também para os lugares em que tem lugar a adulação, e não para o púlpito.*

*Vindo pois, irmãos, às vossas virtudes, que são as que só podem dar o verdadeiro louvor, a primeira que se me oferece aos olhos hoje, é aquela obediência com que, chamados, acudistes todos pela honra de vosso Criador e Senhor, e aquela ordem, quietação e atenção com que ouvistes a palavra de Deus da boca de seu servo António. Oh grande louvor verdadeiramente para os peixes e grande afronta e confusão para os homens! Os homens perseguindo a António, querendo-o lançar da terra e ainda do Mundo, se pudessem, porque lhes repreendia seus vícios, porque lhes não queria falar à vontade e condescender com seus erros, e no mesmo tempo os peixes em inumerável concurso acudindo à sua voz, atentos e suspensos às suas palavras, escutando com silêncio e com sinais de admiração e assenso (como se tiveram entendimento) o que não entendiam. Quem olhasse neste passo para o mar e para a terra, e visse na terra os homens tão furiosos e obstinados e no mar os peixes tão quietos e tão devotos, que havia de dizer? Poderia cuidar que os peixes irracionais se tinham convertido em homens, e os homens não em peixes, mas em feras. Aos homens deu Deus uso de razão, e não aos peixes; mas neste caso os homens tinham a razão sem o uso, e os peixes o uso sem a razão.*

*[...]*

*Vede, peixes, quão grande bem é estar longe dos homens. Perguntando um grande filósofo qual era a melhor terra do Mundo, respondeu que a mais deserta, porque tinha os homens mais longe. Se isto vos pregou também Santo António – e foi este um dos benefícios de que vos exortou a dar graças ao Criador – bem vos pudera alegar consigo, que quanto mais buscava a Deus, tanto mais fugia dos homens. Para fugir dos homens deixou a casa de seus pais e se recolheu a uma religião, onde professasse perpétua clausura. E porque nem aqui o deixavam os que ele tinha deixado, primeiro deixou*

*Lisboa, depois Coimbra, e finalmente Portugal. Para fugir e se esconder dos homens mudou o hábito, mudou o nome, e até a si mesmo se mudou, ocultando sua grande sabedoria debaixo da opinião de idiota, com que não fosse conhecido nem buscado, antes deixado de todos, como lhe sucedeu com seus próprios irmãos no capítulo geral de Assis. De ali se retirou a fazer vida solitária em um ermo, do qual nunca saíra, se Deus como por força o não manifestara e por fim acabou a vida em outro deserto, tanto mais unido com Deus, quanto mais apartado dos homens.*

Hegel (1770-1831), filósofo e teólogo alemão, foi grande entusiasta da Revolução Francesa, e defendia – em vez de tentar estabelecer premissas que embasassem a perenidade do conhecimento do mundo – a instituição de critérios que proporcionassem ao homem a possibilidade de reflexão, variável de acordo com o seu tempo e as suas necessidades. Hegel não acreditava, assim, na determinação de uma verdade universal. O ser humano muda com o tempo, está em constante transformação, e a validade de sua verdade está diretamente ligada ao elemento temporal. Sendo assim, a história ocupava o lugar central de suas ideias, já que ele entendia que o fundamento de uma teoria se encontrava no contexto em que ela estava inserida, determinado pelo tempo e o espaço.

Caracterizava-se, assim, o processo de mutabilidade do homem. Esse processo compreendia outra vertente do pensamento hegeliano: a concepção de racionalidade humana. Os diversos contextos históricos são os responsáveis pelo progresso humano na busca da consciência de si: o autoconhecimento. O homem é um eterno vir-a-ser, sempre ligado ao seu tempo. Para que a sua realidade, em constante processo, fosse explicitada, Hegel desenvolveu a lógica dialética, processada em três etapas: tese, antítese e síntese.

O homem, segundo Hegel, é responsável por seu destino e pela sua felicidade, garantidos antes pelo conteúdo do que pelos métodos ou técnicas. Sendo assim, a natureza humana é construída no homem, firmado como sujeito em seu processo de autoconhecimento e livre atividade. O interesse pela educação sempre esteve presente na vida de Hegel, que chegou a ocupar cargos afetos à atividade pedagógica. Desconfiava das pedagogias formalistas, definidas em métodos e técnicas, e privilegiava os conteúdos da prática docente, determinantes na formação do homem pensante e autônomo. Defendia uma escola cultural, de currículo menor, mas profundo, voltado para a formação integral e harmônica do homem, em que razão e emoção convivessem em equilíbrio interior.

Friedrich Nietzsche (1844-1900), filósofo alemão, embora não tivesse escrito obras específicas sobre educação, desenvolveu um pensamento crítico em relação aos métodos de aprendizagem de seu tempo, que, segundo ele, não apresentavam nenhuma significância para a vida e se achavam afastados da realidade. Uma educação que formava um homem de teoria, distanciando a vida do pensamento. Para ele, uma educação intelectualizada e elitista poderia criar homens superiores e mais livres. Colocava-se contra a educação estatal, massificadora e mediocrizante, que formava homens conformistas e ignorantes. Dar a todos o direito de aprender a ler, só ajudaria a corromper a escrita e, depois, o pensamento.

Sonhava com um ideal de educação que estivesse a serviço da vida, das necessidades do homem, do desenvolvimento do senso crítico, e que fosse útil para a melhoria do modo de viver dos indivíduos. Por outro lado, condenava a erudição dos saberes e o projeto pedagógico voltado aos interesses do Estado. A educação para ele, influenciado pelos gregos, deveria desenvolver corpo e espírito harmoniosamente, sem nenhuma disjunção.

Karl Marx (1818-1883) acreditava que tudo o que havia na sociedade era determinado por uma questão socioeconômica. Os interesses que movem a sociedade seriam interesses puramente materiais. Os que dominam buscam o lucro, e os dominados, a sobrevivência. A questão educacional precisaria respeitar o princípio básico de que o homem não é uma coisa, mas uma pessoa, e como tal não pode ser objeto de uma vida opressiva, mas sujeito de uma história em construção. Reflete que o fundamental para a filosofia não seria contemplar o mundo, mas mudá-lo, transformá-lo.

Mesmo os mecanismos da história e da cultura se moveriam em função das relações materiais de produção e de distribuição de mercadorias vigentes em cada sociedade. Segundo Marx, o trabalho, que deveria conferir dignidade, faz com que uns explorem os outros. Para ele, a sociedade é dividida em superestrutura e infraestrutura. A superestrutura seria composta pelas instituições, como a família, a escola, a cultura, que, por sua vez, seriam desenvolvidas de acordo com a infraestrutura, formada pelo conjunto das condições econômicas.

Em seu *Manifesto Comunista*, Marx faz uma análise da formação social ao longo da história:

*Até hoje, a história de todas as sociedades que existiram até nossos dias tem sido a história das lutas de classes.*

*Homem livre e escravo, patrício e plebeu, barão e servo, mestre de corporação e companheiro, numa palavra, opressores e oprimidos, em constante oposição, têm vivido numa guerra ininterrupta, ora franca, ora disfarçada; uma guerra que terminou sempre, ou por uma transformação revolucionária da sociedade inteira, ou pela destruição das suas classes em luta.*

*Nas primeiras épocas históricas, verificamos, quase por toda parte, uma completa divisão da sociedade em classes distintas, uma escala graduada de condições sociais. Na Roma Antiga encontramos patrícios, cavaleiros, plebeus, escravos; na Idade Média, senhores, vassalos, mestres, companheiros, servos; e, em cada uma destas classes, gradações especiais.*

*A sociedade burguesa moderna, que brotou das ruínas da sociedade feudal, não aboliu os antagonismos de classes. Não fez senão substituir novas classes, novas condições de opressão, novas formas de luta às que existiram no passado.*

*Entretanto, a nossa época; a época da burguesia, caracteriza-se por ter simplificado os antagonismos de classes. A sociedade divide-se cada vez mais em dois vastos campos opostos, em duas grandes classes diametralmente opostas: a burguesia e o proletariado.*

*[...]*

*As relações burguesas de produção e de troca, o regime burguês de propriedade, a sociedade burguesa moderna, que conjurou gigantescos meios de produção e de troca, assemelha-se ao feiticeiro que já não pode controlar as potências inter-*

*nas que pôs em movimento com suas palavras mágicas. Há dezenas de anos, a história da indústria e do comércio não é senão a história da revolta das forças produtivas modernas contra as modernas relações de produção e de propriedade que condicionam a existência da burguesia e seu domínio. Basta mencionar as crises comerciais que, repetindo-se periodicamente, ameaçam cada vez mais a existência da sociedade burguesa. Cada crise destrói regularmente não só uma grande massa de produtos já fabricados, mas também uma grande parte das próprias forças produtivas já desenvolvidas. [...]*

A educação surgida dessa reflexão marxista influenciou países e culturas, na tentativa de assegurar condições iguais para que todos pudessem aprender e dar sua contribuição ao Estado. O resultado do processo de aprendizagem, bem como das escolhas, deveria obedecer ao critério da necessidade de todos. Não se muda o homem se o Estado não deixar de tratá-lo como coisa.

Jean Paul Sartre (1905-1980) afirmava que o homem era condenado à liberdade. A existência deveria ser a responsabilidade de fazer o correto sem dar desculpas. O processo educacional deveria ajudar o ser humano a perceber o seu papel no mundo independentemente de outras influências que se exercem sobre ele. Até certo momento, as desculpas pelas falhas dos outros são admitidas, mas chega um ponto em que é preciso caminhar com os próprios pés e não lamentar o que a sociedade fez ou deixou de fazer com cada um de nós. Isso é o que menos importa. O que importa é o que cada um faz com o que a sociedade fez, argumentava Sartre.

A liberdade traz um grande problema. No determinismo, não se assumem responsabilidades, nem por erros nem por acertos. Cada um é o que decidiram que fosse. A liberdade não aceita esse condicionamento. O homem é o que ousa ser. E uma escola não terá sentido se não compreender essa finalidade existencial.

Cecília Meirelles nos brinda com dois textos sobre escolhas e liberdade:

## Edmundo, o Céptico*

*Naquele tempo, nós não sabíamos o que fosse cepticismo. Mas Edmundo era céptico. As pessoas aborreciam-se e chamavam-no de teimoso. Era uma grande injustiça e uma definição errada.*

*Ele queria quebrar com os dentes os caroços de ameixa, para chupar um melzinho que há lá dentro. As pessoas diziam-lhe que os caroços eram mais duros que os seus dentes.*

---
* MEIRELES, Cecília. *Quadrante 2*. Rio de Janeiro: Editora do Autor, 1962.

*Ele quebrou os dentes com a verificação. Mas verificou. E nós todos aprendemos à sua custa. (O cepticismo também tem o seu valor!)*

*Disseram-lhe que, mergulhando de cabeça na pipa d'água do quintal, podia morrer afogado. Não se assustou com a ideia da morte: queria saber é se lhe diziam a verdade. E só não morreu porque o jardineiro andava perto.*

*Na lição de catecismo, quando lhe disseram que os sábios desprezam os bens deste mundo, ele perguntou lá do fundo da sala: "E o rei Salomão?" Foi preciso a professora fazer uma conferência sobre o assunto; e ele não saiu convencido. Dizia: "Só vendo." E em certas ocasiões, depois de lhe mostrarem tudo o que queria ver, ainda duvidava. "Talvez eu não tenha visto direito. Eles sempre atrapalham." (Eles eram os adultos.)*

*Edmundo foi aluno muito difícil. Até os colegas perdiam a paciência com as suas dúvidas. Alguém devia ter tentado enganá-lo, um dia, para que ele assim desconfiasse de tudo e de todos. Mas de si, não; pois foi a primeira pessoa que me disse estar a ponto de inventar o moto contínuo, invenção que naquele tempo andava muito em moda, mais ou menos como, hoje, as aventuras espaciais.*

*Edmundo estava sempre em guarda contra os adultos: eram os nossos permanentes adversários. Só diziam mentiras. Tinham a força ao seu dispor (representada por várias formas de agressão, da palmada ao quarto escuro, passando por várias etapas muito variadas). Edmundo reconhecia a sua inutilidade de lutar; mas tinha o brio de não se deixar vencer facilmente. Numa festa de aniversário, apareceu, entre números de piano e canto (ah! delícias dos saraus de outrora!), apareceu um mágico com a sua cartola, o seu lenço, bigodes retorcidos e flor na lapela. Nenhum de nós se importaria muito com a verdade: era tão engraçado ver saírem cinquenta fitas de dentro de uma só... e o copo d'água ficar cheio de vinho...*

*Edmundo resistiu um pouco. Depois, achou que todos estávamos ficando bobos demais. Disse: "Eu não acredito!" Foi mexer no arsenal do mágico e não pudemos ver mais as moedas entrarem por um ouvido e saírem pelo outro, nem da cartola vazia debandar um pombo voando... (Edmundo estragava tudo).*

*Edmundo não admitia a mentira. Edmundo morreu cedo. E quem sabe, meu Deus, com que verdades?*

# Liberdade*

*Deve existir nos homens um sentimento profundo que corresponde a essa palavra LIBERDADE, pois sobre ela se têm escrito poemas e hinos, a ela se têm levantado estátuas e monumentos, por ela se tem até morrido com alegria e felicidade.*

*Diz-se que o homem nasceu livre, que a liberdade de cada um acaba onde começa a liberdade de outrem; que onde não há liberdade não há pátria; que a morte é preferível à falta de liberdade; que renunciar à liberdade é renunciar à própria condição humana; que a liberdade é o maior bem do mundo; que a liberdade é o oposto à fatalidade e à escravidão; nossos bisavós gritavam: "Liberdade, Igualdade e Fraternidade!"; nossos avós cantaram: "Ou ficar a Pátria livre/ou morrer pelo Brasil!"; nossos pais pediam: "Liberdade! Liberdade!/ abre as asas sobre nós", e nós recordamos todos os dias que "o sol da liberdade em raios fúlgidos/brilhou no céu da Pátria..." em certo instante.*

*Somos, pois, criaturas nutridas de liberdade há muito tempo, com disposições de cantá-la, amá-la, combater e certamente morrer por ela.*

*Ser livre como diria o famoso conselheiro... é não ser escravo; é agir segundo a nossa cabeça e o nosso coração, mesmo tendo de partir esse coração e essa cabeça para encontrar um caminho... Enfim, ser livre é ser responsável, é repudiar a*

---

* MEIRELES, Cecília. *Escolha o seu sonho*. Rio de Janeiro: Editora Record, 2002.

condição de autômato e de teleguiado, é proclamar o triunfo luminoso do espírito. (Suponho que seja isso.)

Ser livre é ir mais além: é buscar outro espaço, outras dimensões, é ampliar a órbita da vida. É não estar acorrentado. É não viver obrigatoriamente entre quatro paredes.

Por isso, os meninos atiram pedras e soltam papagaios. A pedra inocentemente vai até onde o sonho das crianças deseja ir (às vezes, é certo, quebra alguma coisa, no seu percurso...).

Os papagaios vão pelos ares até onde os meninos de outrora (muito de outrora!...) não acreditavam que se pudesse chegar tão simplesmente, com um fio de linha e um pouco de vento!...

Acontece, porém, que um menino, para empinar um papagaio, esqueceu-se da fatalidade dos fios elétricos e perdeu a vida.

E os loucos que sonharam sair de seus pavilhões, usando a fórmula do incêndio para chegarem à liberdade, morreram queimados, com o mapa da Liberdade nas mãos!...

São essas coisas tristes que contornam sombriamente aquele sentimento luminoso da LIBERDADE. Para alcançá-la estamos todos os dias expostos à morte. E os tímidos preferem ficar onde estão, preferem mesmo prender melhor suas correntes e não pensar em assunto tão ingrato.

Mas os sonhadores vão para a frente, soltando seus papagaios, morrendo nos seus incêndios, como as crianças e os loucos. E cantando aqueles hinos, que falam de asas, de raios fúlgidos, linguagem de seus antepassados, estranha linguagem humana, nestes andaimes dos construtores de Babel...

O positivismo de Comte, os fenômenos sociais na análise de Durkheim, a importância da linguagem em Wittgenstein, o Círculo de Viena, o essencialismo, o existencialismo, a escola de Frankfurt, o pós-modernismo, a complexidade de Edgar Morin e a teoria da argumentação de Habermas fazem com que a filosofia contemporânea se avigore, tentando dar sentido à presença do homem no mundo e a compreender o intrincado universo das suas relações. Desse modo, acaba por ter implicações no âmbito da educação, contribuindo para aprofundar a análise reflexiva e crítica da atividade educacional, de forma a definir os fundamentos, objetivos e métodos do processo de ensino e aprendizagem, como componente essencial da vida e da condição humana.

## Capítulo IV

### A escola com que sonhamos

Essa viagem pelas inquietações filosóficas e pelas teorias pedagógicas ajuda-nos a desenhar o cenário da escola com que sonhamos. As experiências que aqui tratamos de forma universal também exerceram influência no Brasil.

Muito do que foi dito, na história, foi reescrito. Pensadores que acreditavam ter propostas mais viáveis para o desenvolvimento das habilidades humanas, muitas vezes, assentavam suas próprias convicções em reflexões feitas a partir de conceitos emitidos por outros pensadores. No universo da educação alguns valores serviram recorrentemente como base da opinião de muitos pensadores ao longo da história. É senso-comum afirmar que os gregos sabiam de tudo e que nós apenas recriamos.

Mais uma vez, Clarice Lispector nos ensina sobre o mundo:

### Eu Tomo Conta do Mundo*

*Sou uma pessoa muito ocupada: tomo conta do mundo. Todos os dias olho pelo terraço para o pedaço de praia com mar, e vejo às vezes que as espumas parecem mais brancas e que às vezes durante a noite as águas avançam inquietas, vejo isso pela marca que as ondas deixaram na areia. Olho as amendoeiras de minha rua. Presto atenção se o céu de noite está estrelado e azul-marinho, porque em certas noites em vez de negro parece azul-marinho. O cosmos me dá muito trabalho, sobretudo porque vejo que Deus é o cosmos. Disso eu tomo conta com alguma relutância.*

*Observo o menino de uns dez anos, vestido de trapos e macérrimo. Terá futura tuberculose, se é que já não a tem.*

*No Jardim Botânico, então, eu fico exaurida, tenho que tomar conta com o olhar das mil plantas e árvores, e sobretudo das vitórias-régias.*

*Que se repare que não menciono nenhuma vez as minhas impressões emotivas: lucidamente apenas falo de algumas das milhares de coisas e pessoas de quem eu tomo conta. Também*

---
* LISPECTOR, Clarice. *Aprendendo a Viver*. Rio de Janeiro: Rocco, 2005.

*não se trata de um emprego, pois dinheiro não ganho por isso. Fico apenas sabendo como é o mundo.*
*Se tomar conta do mundo dá trabalho? Sim. E lembro-me de um rosto terrivelmente inexpressível de uma mulher que vi na rua. Tomo conta dos milhares de favelados pelas encostas acima. Observo em mim mesma as mudanças de estação: eu claramente mudo com elas.[...]*

Para concluir esse trabalho, sem a pretensão de exaurir o tema ou de dar uma receita – justo eu que tanto critico as receitas em educação –, pontuo alguns elementos que podem ajudar a construir a escola dos nossos sonhos.

## 1 - O prédio escolar há de ser acolhedor

Não há necessidade de se construir escolas faraônicas. Uma escola deve ser simples, mas funcional. O aluno precisa sentir-se bem. Espaços de convivência, como teatro, biblioteca, área esportiva ou laboratório de tecnologias, podem promover uma relação contínua de aprendizagem.

A disposição das salas de aula não deve obedecer a padrões rígidos. A comodidade e a funcionalidade devem ter primazia sobre o paradigma do professor que, em pé, fala a alunos sentados em fileiras à sua frente. Essa, aliás, foi uma prática que se iniciou na Idade Moderna. Os antigos, os medievais, como vimos, ensinavam caminhando ou com os alunos dispostos em círculo, debatendo, o que favorece mais a reflexão.

Como sugestão, uma sala de aula poderia ser dividida em estações: uma estação com algumas mesas em que os alunos sentassem em grupo, outra estação com um pequeno ambiente de biblioteca e algumas almofadas para leitura, outra com dois ou três computadores, outra com um televisor e um aparelho de DVD. No caso de crianças menores, alguns brinquedos pedagógicos. Enfim, a definição é da própria escola, dependendo da idade e do perfil dos alunos. O importante é que eles não necessitam fazer as mesmas coisas juntos. Enquanto alguns pesquisam na Internet, outros resolvem um problema, outros buscam a solução nos livros, e assim por diante. O jardim da escola também pode ser um privilegiado local de aprendizagem.

**2 - O conceito de escola necessita ser ampliado**

A escola não se esgota em seus portões. É importante e necessário que o aluno frequente outros espaços do seu bairro, da sua cidade, e aprenda em outras frentes, em conexão com outros lugares e serviços que apresentem potencial instrutivo. A oferta de atividades educacionais em teatros, museus, cinemas, parques, rios, câmaras de vereadores, zoológicos, praças, dentre outras, pode complementar as oportunidades de aprendizagem. Além de contribuir para a melhoria do meio em que vive, as intervenções na cidade, vindas da escola, ajudam a compreender a importância da ação educativa na melhoria do espaço que é de todos.

## 3 - O currículo há de ser repensado e discutido

O currículo não pode estar engessado, tampouco ser imposto. Precisa ser construído pelos educadores em ação conjunta com a comunidade escolar. As disciplinas não devem compartimentar o conhecimento. Trabalhos com temas interdisciplinares tornam possível o diálogo entre as várias áreas do conhecimento. A escola em tempo integral pode muito bem servir ao intento de se ampliar a oferta de oportunidades de aprendizagem, por meio de estudos de outros idiomas, práticas desportivas, oficinas de artes, atividades de reforço, entre outras ações extracurriculares.

## 4 - As práticas democráticas conduzem à educação libertadora

Não se pode ensinar a importância da liberdade sem permitir que o aluno seja livre. As manifestações de organização estudantil devem ser incentivadas para que o aluno compreenda sua atuação como líder em construção. Da mesma forma devem ser tratadas iniciativas de professores que busquem tornar mais rica e significativa a sua função social de educar. Pasteurizar a educação é destruir a liberdade criativa do professor.

Sobre isso, instrui-nos Paulo Freire*, em sua obra *Pedagogia da Autonomia*:

> *O sonho viável exige de mim pensar diariamente a minha prática; exige de mim a descoberta, a descoberta constante dos limites da minha própria prática, que significa perceber e demarcar a existência do que eu chamo de espaços livres a serem preenchidos. O sonho possível tem a ver com os limites destes espaços e esses limites são históricos. [...] A questão do sonho possível tem a ver exatamente com a educação libertadora, não com a educação domesticadora. A questão dos sonhos possíveis, repito, tem a ver com a educação libertadora enquanto*

---

\* FREIRE, Paulo. *Pedagogia da Autonomia: saberes necessários à prática educativa*. São Paulo: Paz e Terra, 2002.

*prática utópica. Mas não utópica no sentido do irrealizável; não utópica no sentido de quem discursa sobre o impossível, sobre os sonhos impossíveis. Utópico no sentido de que é esta uma prática que vive a unidade dialética, dinâmica, entre a denúncia e o anúncio, entre a denúncia de uma sociedade injusta e espoliadora e o anúncio do sonho possível de uma sociedade que pelo menos seja menos espoliadora, do ponto de vista das grandes massas populares que estão constituindo as classes sociais dominadas.*

## 5 - Educadores: as grandes lideranças do processo ensino-aprendizagem

O espaço educacional necessita ser um espaço de educação. Parece redundância, mas isso não acontece em muitas escolas. O educador tem de dar o exemplo, e o aluno tem de ter limites. A liberdade não significa permissividade. O aluno precisa perceber os limites que se impõem tanto na escola como na sua vida. Esses limites devem ser entendidos como necessários e provenientes da autoridade do professor que necessita ser respeitado para exercer com liderança e competência o seu mister. A educação também é observada pela limpeza e o cuidado para com o ambiente escolar. O aluno que suja a escola necessariamente vai sujar a rua. Seu aprendizado não foi concretizado, e isso mostra a falência do ensino. Escolas destruídas, sujas, malcuidadas mostram o descaso dos governos ou das instituições de ensino particulares por elas responsáveis, bem como dos educadores e alunos que delas se utilizam.

O professor precisa usar o tom adequado. Não é admissível que se valha de gracejos preconceituosos. É a liturgia da profissão. Se o professor não se respeitar, fica muito difícil que a sociedade o respeite.

Vale a pena resgatar uma das páginas de nossa literatura, riquíssima para a reflexão dos educadores. Trata-se da narrativa do primeiro dia de aula de nosso anti-herói nacional, Leonardinho, mestre da desordem e da traquinagem, protagonista da obra *Memórias de um Sargento de Milícias*, do escritor pré-realista, Manuel Antônio de Almeida. Embora se reportem à escola do século XIX, algumas das cenas descritas ainda são reproduzidas em parte de nossas escolas:

### Capítulo XII

*É mister agora passar em silêncio sobre alguns anos da vida do nosso memorando para não cansar o leitor repetindo a história de mil travessuras de menino no gênero das que já se conhecem; foram diabruras de todo o tamanho que exasperaram a vizinha, desgostaram a comadre, mas que não alte-*

*raram em coisa alguma a amizade do barbeiro pelo afilhado: cada vez esta aumentava, se era possível, tornava-se mais cega. Com ele cresciam as esperanças do belo futuro com que o compadre sonhava para o pequeno, e tanto mais que durante este tempo fizera este alguns progressos: lia soletrado sofrivelmente, e por inaudito triunfo da paciência do compadre aprendera a ajudar missa. A primeira vez que ele conseguiu praticar com decência e exatidão semelhante ato, o padrinho exultou; foi um dia de orgulho e de prazer: era o primeiro passo no caminho para que ele o destinava.*

*– E dizem que não tem jeito para padre, pensou consigo; ora acertei o alvo, dei-lhe com a balda. Ele nasceu mesmo para aquilo, há de ser um clérigo de truz. Vou tratar de metê--lo na escola, e depois... toca.*

*Com efeito foi cuidar disso e falar ao mestre para receber o pequeno; morava este em uma casa da rua da Vala, pequena e escura.*

*Foi o barbeiro recebido na sala, que era mobiliada por quatro ou cinco longos bancos de pinho sujos já pelo uso, uma mesa pequena que pertencia ao mestre, e outra maior onde escreviam os discípulos, toda cheia de pequenos buracos para os tinteiros; nas paredes e no teto havia penduradas uma porção enorme de gaiolas de todos os tamanhos e feitios, dentro das quais pulavam e cantavam passarinhos de diversas qualidades: era a paixão predileta do pedagogo.*

*Era este um homem todo em proporções infinitesimais, baixinho, magrinho, de carinha estreita e chupada, excessiva-*

*mente calvo; usava de óculos, tinha pretensões de latinista, e dava 6 bolos nos discípulos por dá cá aquela palha. Por isso era um dos mais acreditados da cidade. O barbeiro entrou acompanhado pelo afilhado, que ficou um pouco escabriado à vista do aspecto da escola, que nunca tinha imaginado. Era em um sábado; os bancos estavam cheios de meninos, vestidos quase todos de jaqueta ou robissões de lila, calças de brim escuro e uma enorme pasta de couro ou papelão pendurada por um cordel a tiracolo: chegaram os dois exatamente na hora da tabuada cantada. Era uma espécie de ladainha de números que se usava então nos colégios, cantada todos os sábados em uma espécie de cantochão monótono e insuportável, mas de que os meninos gostavam muito.*

*As vozes dos meninos, juntas ao canto dos passarinhos, faziam uma algazarra de doer os ouvidos; o mestre, acostumado àquilo, escutava impassível, com uma enorme palmatória na mão, e o menor erro que algum dos discípulos cometia não lhe escapava no meio de todo o barulho; fazia parar o canto, chamava o infeliz, emendava cantando o erro cometido, e cascava-lhe pelo menos seis puxados bolos. Era o regente da orquestra ensinando a marcar o compasso. O compadre expôs, no meio do ruído, o objeto de sua visita, e apresentou o pequeno ao mestre.*

*— Tem muito boa memória; soletra já alguma coisa, não lhe há de dar muito trabalho, disse com orgulho.*

*— E se mo quiser dar, tenho aqui o remédio; santa férula! disse o mestre brandindo a palmatória.*

O compadre sorriu-se, querendo dar a entender que tinha percebido o latim.

— É verdade: faz santos até as feras, disse traduzindo.

O mestre sorriu-se da tradução.

— Mas espero que não há de ser necessária, acrescentou o compadre.

O menino percebeu o que tudo isto queria dizer, e mostrou não gostar muito.

— Segunda-feira cá vem, e peço-lhe que não o poupe, disse por fim o compadre despedindo-se. Procurou pelo menino e já o viu na porta da rua prestes a sair, pois que ali não se julgava muito bem.

— Então, menino, sai sem tomar a bênção do mestre?...

O menino voltou constrangido, tomou de longe a bênção, e saíram então.

Na segunda-feira voltou o menino armado com a sua competente pasta a tiracolo, a sua lousa de escrever e o seu tinteiro de chifre; o padrinho o acompanhou até a porta. Logo nesse dia portou-se de tal maneira que o mestre não se pôde dispensar de lhe dar quatro bolos, o que lhe fez perder toda a folia com que entrara: declarou desde esse instante guerra viva à escola. Ao meio-dia veio o padrinho buscá-lo, e a primeira notícia que ele lhe deu foi que não voltaria no dia seguinte, nem mesmo aquela tarde.

— Mas você não sabe que é preciso aprender?...

— Mas não é preciso apanhar...

— *Pois você já apanhou?...*

— *Não foi nada, não, senhor; foi porque entornei o tinteiro na calça de um menino que estava ao pé de mim; o mestre ralhou comigo, e eu comecei a rir muito...*

— *Pois você vai-se rir quando o mestre ralha...*

*Isto contrariou o mais que era possível ao barbeiro. Que diabo não diria a maldita vizinha quando soubesse que o menino tinha apanhado logo no primeiro dia de escola?... Mas não haviam reclamações, o que o mestre fazia era bem-feito. Custou-lhe bem a reduzir o menino a voltar nessa tarde à escola, o que só conseguiu com a promessa de que falaria ao mestre para que ele lhe não desse mais. Isto porém não era coisa que se fizesse, e não foi senão um engodo para arrastar o pequeno. Entrou este desesperado para a escola, e por princípio nenhum queria estar quieto e calado no seu banco; o mestre chamou-o e pô-lo de joelhos a poucos passos de si; passado pouco tempo voltou-se distraidamente, e surpreendeu-o no momento em que ele erguia a mão para atirar-lhe uma bola de papel. Chamou-o de novo, e deu-lhe uma dúzia de bolos.*

— *Já no primeiro dia, disse, você promete muito...*

*O menino resmungando dirigiu-lhe quanta injúria sabia de cor.*

*Quando o padrinho voltou de novo a buscá-lo achou-o de tenção firme e decidida de não se deixar engodar por outra vez, e de nunca mais voltar, ainda que o rachassem. O pobre homem azoou com o caso.*

*— Ora logo no primeiro dia!... disse consigo; isto é praga daquela maldita mulher... mas hei de teimar, e vamos ver quem vence.*

## 6 - A importância de uma gestão competente

O diretor da escola é a figura central para o bom relacionamento da comunidade escolar. Sua postura e liderança são essenciais para que professores, alunos, funcionários e pais sintam segurança por terem optado por um local correto de trabalho ou de estudo. O diretor há de ser um líder. Ele deve conduzir com maestria toda escola e a comunidade escolar. É alguém que necessita saber delegar e cobrar. Para tanto ele precisa ter profundo conhecimento administrativo e pedagógico. Nada pode escapar das suas mãos. Necessita ser rápido nas decisões, resolver a contento e com competência todos os problemas e estar aberto ao diálogo. Sempre.

## 7 - A participação familiar: uma solução possível

Todo o processo educacional desenvolvido pela escola haverá de se perder se a família fizer o contrário em casa. É de suma importância que ela participe do processo educativo para aprender e ensinar junto com a escola.

Dados do Sistema Nacional de Avaliação Básica (Saeb) demonstram que as crianças que fazem parte de uma família que participa de forma direta do dia a dia escolar dos filhos apresentam desempenho superior em relação às demais. Essa participação pode acontecer de modo simples: conversar sobre o que acontece na escola, acompanhar o dever de casa e incentivar a leitura, por exemplo.

A participação efetiva dos pais favorece, assim, o desenvolvimento da aprendizagem dos alunos e pode auxiliar a equipe escolar na construção e no desenvolvimento do seu projeto político-pedagógico.

## 8 - Saber: a teoria e a prática

Uma reação química testada em laboratório é tão importante quanto uma sinfonia de Mozart. Um teste de aptidão física é tão importante quanto um poema. Teoria e prática convivem, dando ferramentas e substância para a alma. Educar para o trânsito, para as práticas de preservação do planeta, a leitura de Camões ou Platão podem muito bem servir ao propósito educativo, tanto quanto as disciplinas teórico-curriculares.

Houve tempos em que a escola servia para o estudo do belo; outros, em que o objetivo maior era transformar em bom o cotidiano. O bom e o belo caminham juntos. Contemplar e transformar a realidade, eis o desafio.

## 9 - A transmissão do conteúdo e sua metodologia

Os professores precisam traduzir o que sabem de forma a envolver cada aluno. A arte de educar é também arte de seduzir. Se o educando não se sentir atraído pela disciplina, se ela não lhe for significativa, dificilmente haverá de aprender. Há muitos mestres que não conseguem transmitir o que sabem porque não conseguem aplicar a metodologia mais adequada para se fazer entender da melhor maneira para que o aluno aprenda. Forma e conteúdo têm a mesma importância no processo educacional.

## 10 - Celebrar a vida

A escola é um espaço privilegiado em que se celebra a vida. A aprendizagem dá sabor à vida, e cada evento realizado na escola com os alunos e suas famílias deve priorizar a celebração da vida. Uma vida digna, sem preconceitos. A vida solidária. Práticas de voluntariado ajudam o aluno a entender o seu papel no mundo e minimizam seus problemas – toda escola necessita ter alguma ação voluntária. A vida é celebrada em festas, formaturas, eventos culturais, cantos de leitura. A vida é celebrada na sala de aula quando o professor rege com maestria os seus alunos.

E a vida celebrada emerge da relação dialógica estabelecida entre Fernando Pessoa e Caetano Veloso, nestes dois poemas:

### Palavras de Pórtico (Fernando Pessoa)

*Navegadores antigos tinham uma frase gloriosa: "Navegar é preciso; viver não é preciso."*

*Quero para mim o espírito desta frase, transformada a forma para casar com o que sou: Viver não é preciso; o que é necessário é criar.*

*Não conto gozar a minha vida; nem em gozá-la penso. Só quero torná-la grande, ainda que para isso tenha de ser o meu corpo e a (minha alma) e lenha desse fogo.*

*Só quero torná-la de toda a humanidade; ainda que para isso tenha de a perder como minha.*

*Cada vez mais assim penso. Cada vez mais ponho na essência anímica do meu sangue o propósito impessoal de engrandecer a pátria e contribuir para a evolução da humanidade.*

*É a forma que em mim tomou o misticismo da nossa Raça.*

## Os Argonautas (Caetano Veloso)*

*O barco, meu coração não aguenta*
*Tanta tormenta, alegria*
*Meu coração não contenta*
*O dia, o marco, meu coração, o porto, não*

*Navegar é preciso, viver não é preciso*
*Navegar é preciso, viver não é preciso*

*O barco, noite no céu tão bonito*
*Sorriso solto perdido*
*Horizonte, madrugada*
*O riso, o arco, da madrugada*
*O porto, nada*

*Navegar é preciso, viver não é preciso*
*Navegar é preciso, viver não é preciso*

*O barco, o automóvel brilhante*
*O trilho solto, o barulho*
*Do meu dente em tua veia*

---

* Disco: Caetano Veloso (1969).

*O sangue, o charco, barulho lento*
*O porto silêncio*

*Navegar é preciso, viver não é preciso*
*Navegar é preciso, viver não é preciso*

Sem risco, não há navegação ou caminhada, nem a vital perspectiva de mundos novos. Caetano Veloso coloca em pauta o homem e a modernidade, que ao projetá-lo também o confunde e tolhe a sua liberdade. Caminha para o futuro, com as mãos vazias e o olhar perdido diante de um cenário que não consegue apreender. Fernando Pessoa caminha para o futuro também, mas traz as mãos repletas das glórias do passado. Ele segue e já escolheu para onde. Na letra da música, não se percebem as escolhas, mas uma vida de muitos caminhos; não se sabe para onde, mas revela a travessia. Cabe aqui o diálogo com o grande mestre João Guimarães Rosa: *Digo: o real não está na saída nem na chegada: ele se dispõe para a gente é no meio da travessia.*

Seja como for, é notória a ânsia dos dois poetas, Caetano e Pessoa, pela busca de sentidos que justifiquem suas existências. E como toda existência, de destinos e propósitos distintos. São encontros e desencontros das pessoas consigo mesmas. E a racionalidade não consegue controlar esses destinos. Logo, navegar é preciso, viver não é preciso. Viver é inexato, a navegação possui técnicas exatas, precisas. Um barco perdido, não.

A escola dos nossos sonhos é aquela construída de forma responsável e coletiva. Nossos mestres brasileiros Anísio Teixeira, Darcy Ribeiro e Paulo Freire, entre outros, já nos ensinaram essas lições. A educação tem de ser democrática e libertadora. Responsável. Correta. Digna. As palavras e os exemplos do espaço educacional são sementes férteis para se viver e conviver e assim para a construção de um mundo melhor.

Paulo Freire[*], o educador que acredita na "boniteza" de ser gente, profetiza, com sua poesia, sobre os educadores que perderam a capacidade de sonhar:

*Eu agora diria a nós, como educadores e educadoras: ai daqueles e daquelas, entre nós, que pararem com sua capacidade de sonhar, de inventar a sua coragem de denunciar e de anunciar.*

*Ai daqueles e daquelas que, em lugar de visitar de vez em quando o amanhã, o futuro, pelo profundo engajamento com o hoje, com o aqui e com o agora, ai daqueles que, em lugar desta*

---

[*] FREIRE, Paulo. *Pedagogia da Autonomia: saberes necessários à prática educativa*. São Paulo: Paz e Terra, 2002.

*viagem constante ao amanhã, se atrelarem a um passado de exploração e rotina.*

*Ai de nós, educadores, se deixarmos de sonhar sonhos possíveis. Os profetas são aqueles ou aquelas que se molham de tal forma nas águas da cultura e da história, da cultura e da história de seu povo, que conhecem o seu aqui e o seu agora e, por isso, podem prever o amanhã que eles, mais do que adivinham, realizam.*

# Títulos da coleção

- **Semeadores da esperança** — Uma reflexão sobre a importância do professor
- **Famílias que educam**
- **A escola dos nossos sonhos** — A escola: espaço de acolhimento
- **Aprendendo com os aprendizes** — A construção de vínculos entre professores e alunos

Impressão e Acabamento

Prol